Die
und der Sch

Justus Jonas, Peter Shaw und Bob Andrews haben mit ihren spannenden Abenteuern längst Kultstatus erreicht. Ihr Markenzeichen sind die drei ???®. Sie stehen allerdings nicht für Ahnungslosigkeit, sondern für ungelöste Rätsel, mysteriöse Vorkommnisse und Geheimnisse aller Art. Denn die Detektive aus Rocky Beach übernehmen jeden Fall, auch wenn er noch so knifflig ist.

Die drei ???®

und der Schatz der Mönche

Erzählt von Ben Nevis

Deutscher Taschenbuch Verlag

Weitere Titel mit den ???® bei <u>dtv</u> junior:
Siehe ab Seite 156 und unter <u>www.dtvjunior.de</u>

Ungekürzte Ausgabe
In neuer Rechtschreibung
März 2007
Deutscher Taschenbuch Verlag GmbH & Co. KG, München
<u>www.dtvjunior.de</u>
© 2002 Franckh-Kosmos Verlags-GmbH & Co., Stuttgart
Umschlagkonzept: Balk & Brumshagen
Umschlagbild: Hanno Rink
Gesetzt aus der Bembo 11/14·
Gesamtherstellung: Druckerei C. H. Beck, Nördlingen
Printed in Germany · ISBN 978-3-423-71214-9

Inhalt

Krimi-AG	7
Film ab!	13
Das geheimnisvolle Kästchen	19
Der Messerwerfer	25
Die Zeit läuft	30
Knapp daneben	34
Bargeld für Rubbish-George	40
Mortons Geheimnis	48
Schlagende Argumente	56
Die Mönche aus Asien	63
Die Vision	69
Besuch bei Lesley	78
Wiedergeburt	85
Drei Katzen im Sack	93
Gefangen in Little Rampart	101
Schlimme Aussichten	108
Auf des Messers Schneide	114
Treffpunkt Brunnen	122
Das Rad der Zeit	135
Das Geheimnis des Kästchens	145
Alles im Kasten	150

Krimi-AG

»Mir fällt nichts mehr ein, Justus. Blackout. Leere. Ich hätte nie gedacht, dass es so schwer ist, eine kleine Geschichte zu schreiben.« Genervt sah Bob Andrews vom Schreibtisch auf und streckte seinen Rücken durch.

Justus Jonas sah ihn ungerührt an. Die beiden Freunde saßen in der Zentrale ihres Detektivbüros, einem umgebauten alten Campingwagen. Während draußen der Wind pfiff, brüteten sie schon seit gut zwei Stunden über einem Skript, das als Grundlage für einen Videofilm dienen sollte. Es war eine Arbeit für die Film-AG ihrer Schule. Ihr Dozent, ein ehemaliger Regisseur aus Hollywood, hatte mehrere Themen vorgeschlagen und Bob und Justus hatten sich sofort für ›Die Jagd nach dem dunklen Geheimnis‹ entschieden. Die meisten ihrer Schulkameraden standen eher auf sportliche Themen (›Michael – Der Star des Footballteams‹) oder Science-Fiction (›SCARE – Angriff aus dem All‹).

Aber vollkommen einig waren sich die beiden Jungen darin, dass das Projekt der Mädchen das schaurigste von allen war. Planten sie doch tatsächlich einen Liebesfilm, in dem sich der Star einer Boygroup in eine Schülerin verknallt. Nur Peter Shaw, der Dritte im Bunde der Detektive, fand das Thema gar nicht albern und er hatte bereits mit dem Gedanken gespielt, sich für die männliche Hauptrolle ins Spiel zu bringen. Doch Justus und Bob hatten ihren Freund in weiser Voraussicht gepackt und zu der Tafel gezogen, über der in großen Buchstaben KRIMI geschrieben stand.

Rätsel und Geheimnisse aller Art waren ihre Leidenschaft. Im Laufe ihrer Detektivkarriere hatten Justus, Peter und Bob bereits über 100 spannende Fälle gelöst und ihr Detektivbüro unter dem Namen ›Die drei ???‹ weit über Rocky Beach hinaus bekannt gemacht.

Aber aufregende Geschichten zu erleben war einfacher, als sie zu erfinden. Sie hatten sich an diesem Samstag ungewöhnlich früh getroffen, gilt der Morgen doch angeblich als die kreativste Zeit. Gähnend hatte sich Bob mit dem Anfang der Handlung beschäftigt, den schwierigen Mittelteil kurzerhand übersprungen und sich nun das Ende vorgenommen, während Justus bereits dabei war, die ersten Szenen filmgerecht umzusetzen. Er schrieb das Drehbuch. Doch da sein Freund pausenlos neue Ideen in die Geschichte einbaute und damit immer wieder den halben Film umschmiss, war Justus der Verzweiflung nahe. »Leg doch mal eine Pause ein«, schlug er Bob vor. »Von deinen Einfällen habe ich allmählich die Nase voll. Da kannst du problemlos zehn Filme draus machen, doch leider drehen wir nur einen – und den bitte schön richtig!«

Bob rümpfte die Nase und stand auf, um sich eine Flasche Cola zu holen. Er brauchte dringend eine Erfrischung und seine Augen schmerzten allmählich vom ständigen Starren auf den Computerbildschirm. Der

Dritte Detektiv stellte sich ans Fenster, trank einen Schluck und blickte auf die Uhr. »Gleich halb elf. Wo Peter nur bleibt? Er sollte längst zurück sein.«

Es war ihnen zwar gelungen, Peter von der Liebes-film-AG wegzulocken, doch der Preis war hoch gewesen. Peter hatte sich ausbedungen, für das Wichtigste des Films verantwortlich zu sein: Regie und Kamera. Justus und Bob hatten zwar zunächst entschieden den Kopf geschüttelt, doch als Tina, ein Mädchen aus der Liebes-film-Gruppe, Peter zu sich winken wollte, hatten sie zähneknirschend nachgegeben.

Während Justus und Bob also ihre Bleistifte spitzten, hatte sich Peter seine Inlineskates angeschnallt und war ins Industriegebiet gefahren. Dort stand eine verlassene Lagerhalle, die sich als Drehort für ihren Film ideal eignete. Die drei ??? kannten die Halle gut, denn sie hatten früher oft zwischen den Blechtonnen und rostigen Gestellen gespielt. Doch Peter musste sie jetzt mit den Blicken des Kameramannes prüfen und einige Probeauf-nahmen machen. Allerdings sollte das Ganze nicht viel länger als eine Stunde dauern.

»Der Wind wird stärker«, sagte Bob, der immer noch aus dem Fenster starrte. »Ganz schön kräftig für unse-re Gegend. Wahrscheinlich kommt Peter auf seinen In-linern kaum voran.«

»Wegen des Gegenwindes?«, fragte Justus. »Ich glaube eher, dass er vor der Lagerhalle festgewachsen ist und sich vor Angst in die Hose macht. Peter – alleine in der Gruselfabrik! Wäre das nicht ein guter Titel für den

Film? Du weißt doch, wie schreckhaft unser Zweiter Detektiv ist. Besonders, wenn wir nicht da sind.«

Bob lachte. »Klar, er ist ein alter Angsthase. Aber die Lagerhalle? Wovor sollte sich Peter dort fürchten?«

»Er hört eine Ratte und denkt, da lauert ein Mörder. Der Wind heult und er sieht gruselige Gespenster. Das kannst du beliebig weiterführen.«

»Vielleicht sollten wir hinfahren und ihn ein wenig erschrecken«, schlug Bob vor. »Wir hängen uns eine Tischdecke über den Kopf und bewerfen ihn mit Blechteilen. Dann hat er gleich ein paar gute Filmszenen im Kasten.«

»Und ich kann es mir sparen, deine überdrehte Geschichte in ein grandioses Drehbuch umzuschreiben. Denn deine neueste Idee, dass sich die Wiedergeburt des indianischen Teufelsgeistes ausgerechnet eine alte Lagerhalle als Auftrittsort für ihre Schreckenstaten ausgesucht hat, finde ich nicht sehr überzeugend.«

Bob zog eine Schnute. »Immer noch besser als der Erpressungsversuch eines Bankräubers, den du vorgeschlagen hast«, entgegnete er beleidigt. »Todlangweilig. Schon tausendmal gesehen.«

»Kommt drauf an, was man draus macht«, erwiderte Justus gereizt. »Ich finde meine Idee gar nicht so schlecht. Ein Bankräuber auf der Flucht, der sich in der Lagerhalle verborgen hält. Spielende Kinder entdecken plötzlich einen Geldschein und kommen ihm auf die Spur. Da kannst du tolle Szenen in der Halle drehen. Verfolgungsjagden ohne Ende.« Er räusperte sich. »Aber leider bist ja du für die Vorlage des Drehbuchs zuständig.«

»So haben wir es entschieden. Zum Glück, Justus. Und ich möchte auch nichts daran ändern. Deine Bankräubergeschichte wäre doch nur auf eine Abfolge von komplizierten Rätseln hinausgelaufen, die allein *du* hättest lösen können.« Damit spielte er auf Justus' Superhirn und seinen Hang zur Logik an, die den zwei übrigen Detektiven einerseits mächtig auf den Geist ging, ihnen aber andererseits oft genug aus der Klemme geholfen hatte. Bob stemmte die Hände in die Hüften und sprach weiter: »Ich für meinen Teil hätte es gerne etwas mystischer. Wenn dir der böse Geist nicht passt, können wir ja auch … einen … versteckten Diamanten nehmen, mit Zauberkräften …«

»Hör auf, Bob! Schon wieder was Neues! Ich schlage vor, wir tauschen! Ich schreibe die Geschichte. Und du das Drehbuch.«

»Nein.«

»Du willst doch bloß der Autor sein, weil du denkst, es bringt mehr Ehre!«

»Quatsch!«

»Wo ist dann das Problem?«

Bob nahm die Flasche und trank sie in einem Zug leer. »Peter ist schon über eine Stunde zu spät, Justus. Vielleicht sollten wir uns doch langsam Sorgen um ihn machen.«

Justus stand auf und trat neben Bob. Gemeinsam starrten sie auf das Gelände des Schrottplatzes. Eigentlich handelte es sich mehr um ein Gebrauchtwarenlager, das Justus' Onkel Titus Jonas in Rocky Beach betrieb. Seine Frau Mathilda half ihm, wenn sie nicht gerade damit beschäftigt war, nach Justus zu suchen und ihm einen ihrer gefürchteten Arbeitsaufträge zu verpassen. Oder aber sie lebte sich in der Küche aus. Da war sie wirklich vom Fach. Der Ruf von Tante Mathildas Kuchen war weit über den Schrottplatz hinausgedrungen und ihre Eis-Nachspeisen waren ebenso köstlich.

Doch in diesem Moment hatte Tante Mathilda andere Sorgen. Der Wind drohte die Badetücher herunterzureißen, die sie zum Trocknen an einer Leine über den Hof gespannt hatte. Sie stürzte aus dem Haus und begann die Tücher eilig abzunehmen.

Belustigt beobachtete Justus, wie sie mit einem Strandtuch kämpfte. »Helfen wir ihr!«, entschied er dann.

Die Freunde verließen die Zentrale. Knallend warf ein starker Windstoß die Tür hinter ihnen zu. Sandkörner flogen ihnen entgegen. Sie kniffen die Augen zusammen und eilten zu Tante Mathilda, die gerade dabei war, sich von dem Tuch zu befreien, das sich um ihren Kopf gewickelt hatte. Zusammen bekamen sie die Sache in den Griff und in wenigen Minuten hatten sie die Wäsche ins Wohnhaus gerettet.

Gerade als sich Justus und Bob wieder in den Campingwagen zurückziehen wollten, glitt ein vornehmer Rolls-Royce in den Hof. Überrascht blickten Justus und Bob auf. Morton saß am Steuer – und auf der Rückbank hockte Peter.

Film ab!

»Wegen des bisschen Windes lässt er sich chauffieren wie die Königin von England!« Bob konnte es nicht fassen.

Justus hingegen runzelte die Stirn. Peters Gesichtsausdruck gefiel ihm gar nicht. Und warum Morton? Inzwischen war er zwar längst zu einem Freund der drei ??? geworden, aber sie hatten die Dienste des Chauffeurs schon länger nicht mehr in Anspruch genommen. Früher, als Peter und Bob noch nicht über eigene Autos verfügten, war das anders gewesen. Da hatten sie jubiliert, als die Mietwagenfirma ihr Angebot an die drei ???, Fahrer und Rolls kostenlos zu nutzen, von dreißig Tagen auf unbestimmte Zeit verlängert hatte. Ohne Morton und seine Chauffeurdienste hätten sie, als sie noch keine Führerscheine besaßen, viele ihrer Kriminalfälle gar nicht lösen können.

Inzwischen war Peter aus dem Wagen gesprungen. Er lief auf Strümpfen. Seine Inliner hatte er sich unter den einen Arm geklemmt, in der anderen Hand hielt er die Kamera. Peter nickte Morton zu, der den schweren Wagen auf dem Vorplatz wendete. Bevor Morton wieder das große Einfahrtstor passierte, grüßte er Justus und Bob, indem er mit einer etwas steif wirkenden Bewegung seine Hand an die Chauffeurmütze legte.

Peter hatte sich schon abgewendet und nahm schnurstracks Kurs auf den Campingwagen. Die Haare hingen ihm wirr ins Gesicht und das Hemd war aus der Hose gerutscht. »Kommt rein!«, brüllte er seinen Freunden durch den Wind entgegen.

Justus sah ihm kopfschüttelnd hinterher. »Ich fürchte, Peter steckt in Schwierigkeiten«, sagte er und stapfte los.

»Ach Quatsch! Der spielt sich nur auf!« Bob kannte Peter lange genug, um zu wissen, dass sein Freund zu dramatischen Auftritten neigte. Aber auch er setzte sich in Bewegung, kräftig hustend, weil der Wind den Dreck aus den hintersten Winkeln des Schrottplatzes über den Hof trieb.

Als der Dritte Detektiv die Tür hinter sich zuzog, hatte sich Peter bereits in einen Sessel fallen lassen. Doch bevor jemand etwas sagen konnte, stand er schon wieder auf und begann nervös hin und her zu laufen. »Mann, bin ich froh, euch wiederzusehen! Ihr glaubt nicht, was ich eben erlebt habe!«

»Du bist im Lagerhaus einem leibhaftigen Gespenst begegnet«, gab Bob einen ersten Tipp ab. Dabei zwinkerte er Justus belustigt zu.

Peter holte empört Luft.

»Ein Mörder hat dir aufgelauert«, versuchte es Bob noch einmal. Immer noch hatte er das Gefühl, dass Peter maßlos übertrieb.

»Du nimmst mich nicht ernst!«, platzte Peter heraus. »Es ist nicht so, dass ich Angst bekomme, wenn ihr nicht dabei seid! Da war wirklich ein Mörder! – Oder fast jedenfalls«, setzte er hinzu.

Bob sah ihn spitz an. »Dann hast du ihn hoffentlich mit der Kamera aufgenommen!«

Peter unterbrach seine Wanderung und verschränkte die Arme. »Bob, du hast zwar keinen blassen Schimmer, was passiert ist, aber der Mann könnte tatsächlich auf dem Video sein!« Er setzte sich wieder, legte die Kamera auf seinen Schoß und begann an dem Gerät herumzuhantieren.

Langsam wurde Bob neugierig. Er stellte sich neben Justus, der Peter bereits über die Schulter sah. Inzwischen hatte der Zweite Detektiv seine Aufnahmen zurückgespult, aber er startete das Band noch nicht.

»Am besten, ich erzähle euch alles von Anfang an«, begann Peter. »Auf dem Weg zur Fabrikhalle habe ich zufällig Tina getroffen. Wir haben zusammen ein Eis gegessen und sie hat mir von dem geplanten Liebesfilm erzählt.«

»Wie aufregend«, fand Bob. »Ich krieg schon Angst!«

Peter warf ihm einen verächtlichen Blick zu und drückte auf den Startknopf. »Dann hat sie sich mit ihren Freundinnen getroffen und ich bin weiter zur Fabrikhalle. Seht her.« Er deutete auf den kleinen Kontrollbildschirm der Kamera. »Da ist das Gebäude. Von dieser Stelle aus gesehen kommt es doch fast gespenstisch rüber. Besonders bei den dunklen Wolken.«

Es war nicht mehr als ein dunkler Fleck zu sehen, denn der Monitor der Kamera war nicht größer als ein Handydisplay.

»Warte«, schlug Justus vor, »wir schließen das Gerät an

den Fernseher an. Dann haben wir ein großes Bild und können deinen Ausführungen besser folgen.«

Er besorgte ein paar Verbindungskabel und nach wenigen Handgriffen war es so weit. »So ... das hätten wir. Film ab, Peter!«

Wieder erschien die Fabrikhalle. Sie war einige hundert Meter entfernt und Peter hatte das Gelände eines unbebauten Grundstücks stimmungsvoll als Vordergrund gewählt. Ab und zu blies der Wind Fetzen alter Plastiktüten oder andere Müllreste durch den Bildausschnitt. Auch konnte man den Wind pfeifen hören. »Da hinten steht noch was«, bemerkte Justus und deutete auf den Bildschirm. »Sieht aus wie ein Motorrad.«

»Scharfer Blick, Erster!« Peter nickte anerkennend. »Mir ist die Maschine zunächst nicht weiter aufgefallen – leider ...«, setzte er hinzu.

Das Bild wechselte. Jetzt war die Halle besser zu erkennen. Peter hatte sie von der Rückseite aus aufgenommen. Die meisten Fensterscheiben waren zerbrochen und an der Blechverkleidung zerrte der Wind. Neben einem Fenster lag eine rostige Tonne, unter einem anderen lehnte ein altes Fahrrad.

Justus wusste, was sich hinter der Gebäudemauer verbarg: ein von der Halle abgetrennter Raum, in dem mehrere leere Hochregale vermoderten. Früher hatten die drei Jungen dort Verstecken gespielt und sich ab und zu von einer umherhuschenden Ratte erschrecken lassen.

Jetzt kam Bewegung in die Szene: Peter schritt auf eines der Fenster zu. Das Bild schaukelte bedenklich.

»So kannst du unmöglich unser Kameramann werden«, stichelte Bob. »Da wird einem ja schon beim Zusehen schlecht!«

Peter sah ihn genervt an. »Wenn wir den Film drehen, habe ich schließlich keine Inliner an! Hauptsache, deine Geschichte steht schon auf festen Beinen!«

Der Erste Detektiv grinste. »Bobs Ideen sind noch viel wackliger als deine Aufnahme.«

»Und bei Justus' Drehbuch wirst du seekrank«, entgegnete Bob beleidigt.

Die drei schwiegen und starrten wieder auf den Bildschirm. Nach einer Weile hatte Peter das Fenster erreicht. Das Bild kippte ab, da er die Kamera auf das Fenstersims gelegt hatte. Die drei ??? sahen, wie er sich am Sims hochzog und ins Innere der Halle gleiten ließ.

»Und wann tritt nun endlich der Mörder auf?«, fragte Bob.

»Abwarten«, antwortete Peter trocken.

Die Kamera wurde wieder aufgenommen und kam langsam in Bewegung. Dicht über dem Boden glitt sie dahin, als ob ein Minihubschrauber die Gänge abgeflogen wäre.

Justus war beeindruckt. »Toller Effekt, Peter. Du hast die Kamera nach unten zwischen die Beine gehalten und bist mit den Inlinern die Gänge entlanggerollt. Richtig gruselig. Sieht fast aus wie ein Geist, der an den Regalen entlanghuscht …«

Er unterbrach sich schnell, doch Bob hatte bereits die

Chance beim Schopf ergriffen. »Genau! Der indianische Teufelsgeist verfolgt sein Opfer!«

»Genauso könnte es der Bankräuber sein, der hinter den Eindringlingen her ist«, stöhnte Justus abwehrend auf.

Peter war von seinen Aufnahmen viel zu beeindruckt, um näher auf die Ideen seiner Freunde einzugehen. Besonders rasant sah es aus, wenn er die Kurven nahm und in einen neuen Gang einbog. Die Kamera sauste dicht über dem Boden dahin. Wieder war ein Regal zu Ende und Peter rollte um die Ecke. Da geschah es. Wie aus dem Nichts tauchte plötzlich etwas Flächiges auf. Es sauste auf Peter zu, die Kamera wurde hochgerissen und dann wirbelten die Bilder herum. Aus den Lautsprechern des Fernsehers drang ein Krachen und Scheppern. Als das Bild wieder stabil wurde, zeigte es nichts weiter als die Decke der Lagerhalle. Dann tauchte Peters Kopf auf.

»Dich hat es aber ganz schön hingefetzt!«, kommentierte Bob durchaus mitfühlend. »Aber was war das für ein Teil, das dir in die Quere gekommen ist?«

Peter beschloss, vorerst die Bilder sprechen zu lassen. »Warte einfach ab«, sagte er nur.

—

Das geheimnisvolle Kästchen

Peter hatte sich nach seinem Sturz sofort um die Kamera gekümmert und diese auf den merkwürdigen Gegenstand gerichtet, der am Boden lag. Er zoomte näher heran und ein Kästchen wurde sichtbar.

»Eine Schatulle«, murmelte Justus überrascht. »Eine rotbraune Box. Was hat die denn da zu suchen?« Er beugte sich näher vor den Bildschirm. »Hängt da nicht ein Zettel am Griff?«

»Gut beobachtet«, lobte Peter.

Jetzt hatte Peter die Kamera auf den Boden gestellt. Man sah, wie seine Inlineskates langsam auf das Kästchen zurollten. Peters Hände tauchten auf und griffen nach der Box.

»Hast du das Kästchen geöffnet?«, fragte Justus.

Peter schüttelte den Kopf. »Nein. Das ging nicht. Ich habe festgestellt, dass es mit einem Nummernschloss gesichert ist: vier kleine Rädchen. Daneben befinden sich wie bei einem alten Koffer zwei Klappschlösser, die man nur aufbekommt, wenn man die richtige Nummer eingestellt hat. Vielmehr die richtigen Zeichen. Denn da waren so merkwürdige Symbole drauf.«

»Vielleicht ist ein Schatz drin«, sagte Bob. Seine Augen begannen zu glänzen. »Juwelen zum Beispiel. Was stand denn auf dem Zettel, den du erwähnt hast?«

»Ein kurzer Text in einer fremden Sprache. Ich konnte ihn nicht lesen.« Peter deutete auf den Bildschirm. »Wisst ihr, an welcher Stelle des Lagerraums ich mich befinde?«

Bei solchen Fragen fühlte sich Justus sofort herausgefordert. Er konzentrierte sich auf den Hintergrund des Bildes. »Warte … das muss auf der Querseite sein, ja genau, an der Stelle, wo diese schwere Stahltür ist, die das Lager mit der großen Halle verbindet. Man sieht sie im Hintergrund.« Er betrachtete das Bild genauer und registrierte, dass der eingeblendete Videotimer 9 Uhr 43 anzeigte. Plötzlich stockte ihm der Atem.

»Peter, die Tür … sie bewegt sich … sie wird aufgeschoben … da ist jemand!«

Peter antwortete nicht und hielt stattdessen das Bild an. Er stand auf, drehte den Ton des Fernsehers auf volle Lautstärke und ließ dann seine Aufzeichnung weiterlaufen.

Das Knarren der schweren Eisentür, die sich im Schneckentempo über die Laufschiene schob, drang jetzt sehr viel eindrucksvoller aus den Lautsprechern. Der Spalt wurde unaufhörlich breiter. Als er auf einen knappen Meter angewachsen war, stoppte die Tür. Augenblicklich hörte das Kreischen auf und stattdessen vernahm man plötzlich eine Männerstimme.

Peter legte einen Finger an die Lippen, aber Bob und Justus waren sowieso mucksmäuschenstill.

"谢谢您。这笔生意十分完美。现在我可以告诉您，您的钱花在何处。那个盒子就在铁门后面，门立马就开了。等一等，我的记录写在这张纸条上。"

»Klingt wie Chinesisch«, sagte Justus dazwischen.

Eine andere Stimme schien nun zu antworten:

"留著你那可笑的纸条吧！你已经得到了你要的钱，现在请你闭嘴，让我做我的事。你还真信呢。"

"但是，...，我们是这样说好的呀!"

Noch während die Männer sprachen, hörte man das harte Klacken von metallbeschlagenen Schuhabsätzen auf dem nackten Hallenboden. Ein Schatten huschte durch das Bild und verharrte im Durchgang. Es war ganz ohne Zweifel ein Mensch. Doch das Licht war zu diffus, um ihn genau zu erkennen. Langsam wurde das Bild schärfer; die Automatik der Kamera reagierte endlich. Justus und Bob stockte der Atem. Dort stand ein Mann. Er war nicht besonders groß, hatte schwarze Stoppelhaare und ein helles, rundes Gesicht. Die untersetzte Gestalt des Mannes wurde durch einen langen grauen Mantel fast vollständig verdeckt. Seine ganze Aufmerksamkeit schien auf Peter gerichtet zu sein. Der Mann kauerte sich leicht zusammen, als wollte er sich augenblicklich auf den Zweiten Detektiv stürzen. Obwohl man seinen Blick eher spüren als sehen konnte, lief es Justus und Bob kalt den Rücken hinunter.

Peter drückte auf die Pausentaste und betrachtete seinen Gegner auf dem Video. »So lange wie jetzt habe ich ihn noch gar nicht in den Blick bekommen.«

»Ich bin schon sympathischeren Menschen begegnet«, murmelte Justus. »Der sieht ja aus, als würde er dir gleich an den Hals springen und dich erwürgen. Wie ein Nah-kämpfer. Warum er bloß diesen langen Mantel trägt?«

»Das wirst du gleich sehen!«, antwortete Peter kurz. Er ließ das Band weiterlaufen.

Eine zähe Sekunde lang geschah nichts. Plötzlich schrie der Mann auf Englisch: »Verdammt! Das ist ein Trick! Du entkommst mir nicht!« Die Kamera wurde hochgerissen. Jetzt jagten die Bilder unkontrolliert über den Fernsehschirm. Man hörte Peters Atem und die rhythmischen Stöße der Skates. Kein Zweifel, er war auf der Flucht. »Oh, Mist. Warum hilft mir denn keiner?«, drang es aus dem Lautsprecher. Peters Stimme klang weinerlich. Die Metallabsätze des Mannes hallten, es waren immer schnellere Schläge. Der Mann musste dicht hinter ihm sein. Plötzlich brach das Bild ab.

Entsetzt fuhr Justus herum. »Was ist? Hat dich dieser Kerl …«

»Ich muss an den Aus-Schalter gekommen sein«, erklärte Peter trocken.

»Blödsinn! Ich meine doch nicht die Kamera! Was war mit dir?«

Peter zuckte mit den Achseln, doch man merkte ihm an, dass er sich viel Mühe geben musste, um locker zu wirken. Die Konfrontation mit den Bildern war nicht spurlos an ihm vorübergegangen. »Ihr habt es doch gese-hen!«, antwortete er. »Ich habe das Kästchen aufgehoben, um es näher unter die Lupe zu nehmen. Plötzlich merkte ich, wie das Tor aufgeschoben wurde. Ich war wie fest-gewachsen, bis plötzlich der Typ auftauchte und mich anstarrte. Wenn Blicke töten könnten! Er schrie etwas und sprang auf mich zu. Ich geriet in Panik, griff nach der Kamera und dann nichts wie ab durch die Mitte.«

»Und das Schatzkästchen?«

»Das hatte ich in der Hand, Bob. Ich habe nicht nachgedacht. Ich hätte es wegwerfen sollen, ja! Aber ich bin halt nicht Justus, der in so einer Situation immer total cool bleibt.«

»Justus hat eben Nerven wie Drahtseile«, erklärte Bob und etwas frech setzte er hinzu: »Während man bei dir von Nerven eigentlich nicht sprechen kann.«

»Ich war einfach zu erschrocken. Ich hätte dich mal sehen wollen, Bob. Du wärst wahrscheinlich stehen geblieben wie ein Schneemann und hättest kräftig Prügel bezogen. Da nehme ich doch lieber die Beine in die Hand.«

»Bloß weil da ein Kerl rumlungert?«

»In dem verlassenen Schuppen? Das Kästchen? Dieser Typ? Ist doch alles mehr als seltsam!«

Justus gab ihm Recht. »Ich hätte das Kästchen auch mitgenommen«, erklärte er. »Aber mit Absicht! Geheimnisse aller Art interessieren mich nun mal. Denn da ging etwas Seltsames vor sich. Es waren mindestens zwei Personen anwesend, die irgendein Geschäft abwickeln wollten. Der Ort und die näheren Umstände der Übergabe sprechen nicht dafür, dass es sich hierbei um eine alltägliche Sache gehandelt hat. Peter, ich schätze mal, du bist mitten in eine Diebstahls- oder Erpressungsgeschichte reingeplatzt.«

»Stimmt. Wahrscheinlich wird sich die Polizei dafür interessieren«, vermutete Bob und kratzte sich nachdenklich im Nacken. Irgendetwas an dem auf dem Video aufgezeichneten Wortwechsel störte ihn, aber er wusste nicht, was. »Schade, dass wir kein Wort verstehen können. Scheint Chinesisch zu sein. Kannst du uns die Stelle noch einmal vorspielen?«

Peter nickte und spulte das Band zurück. Die drei ??? hörten sich den seltsamen Gesprächsfetzen ein zweites Mal an.

»Wenn es eine Übergabe war, ist sie jedenfalls nicht reibungslos verlaufen«, bemerkte Bob, als Peter das Band wieder gestoppt hatte. »Zum Schluss klingt es, als würden sie sich streiten. Aber vielleicht hilft uns ja der Inhalt des Kästchens weiter. Nun rück schon raus, Peter, wo ist die Schatulle?«

Peter wollte die Neugier noch etwas bremsen. Sosehr er sich in der Fabrik gefürchtet hatte, so sehr fand er nun Gefallen an seiner Heldenrolle, in die er sich schon fast gedrängt sah. »Eins nach dem anderen«, sagte er. »Es gibt noch einen viel eindeutigeren Beweis dafür, dass ich mitten in eine dunkle Sache hineingeraten bin.« Peter griff in die Jackentasche und zog ein kleines Messer hervor. Der Zweite Detektiv drehte den Holzgriff in der Hand und ließ die blanke Schneide blitzen.

Der Messerwerfer

Erschrocken wichen Justus und Bob zurück.

»Mit diesem Messer hat er nach mir geworfen«, erklärte Peter. »Und es war nicht das einzige Messer, das er bei sich trug.«

»Wie? Der Kerl hat dich mit Messern attackiert?« Justus nahm die Waffe in die Hand. Der Griff war schwarz angestrichen und mit gelben chinesischen Zeichen verziert.

»Ja, bestimmt drei- oder viermal«, erklärte Peter. »Zum Glück hatte ich einige Meter Vorsprung. Aber trotzdem hat mich eins der Messer fast erwischt.«

Peter zog an seiner Jeans und jetzt erst fiel Justus und Bob auf, dass sie einen langen Riss hatte.

»Nur der Stoff«, erklärte Peter lässig. »Mein Bein hat nichts abbekommen. Ich bin immer wieder andere Gänge entlanggefahren und habe mir den Typ so vom Hals gehalten. Mit meinen Skates war ich natürlich im Vorteil. Schließlich lockte ich ihn an das Ende der Halle, bin auf das Fenster zugerast und habe mich über die Fensterbank geschmissen. Ich habe Kästchen und Kamera aufgesammelt und bin übers Feld abgehauen.«

»Mit den Skates über die Wiese?«

»Der Vorsprung hat gereicht. Ohne meine Bärenkondition wäre es allerdings verdammt eng geworden. Und auf einmal war der Messerwerfer verschwunden.«

Justus wischte sich mit der Hand über die Stirn. Dort hatte sich leichter Schweiß gebildet.

»Er hat wohl gemerkt, dass es keinen Sinn mehr hatte«, erzählte Peter weiter. »Ich erreichte die Straße und skatete los. Bald fühlte ich mich in Sicherheit. Ich beschloss, sofort zu euch in die Zentrale zu fahren, um dem Geheimnis des Kästchens auf die Spur zu kommen.«

»Aber wieso bist du dann mit Morton erschienen?«, unterbrach ihn Bob.

»Tja, das hängt wiederum mit dem Motorrad zusammen«, erklärte Peter. »Ihr erinnert euch: Es parkte in der Nähe der Lagerhalle. Während ich die Straße entlangskatete, hörte ich, wie sich von hinten ein Motorrad näherte. Es fuhr irgendwie verdächtig langsam. Jedenfalls bekam ich ein ganz komisches Gefühl. Zum Glück drehte ich mich gerade noch rechtzeitig um. Es war der Messerwerfer. Er saß auf dem Motorrad und steuerte eiskalt auf mich zu. Der Kerl wollte mich einfach umfahren! Gerade noch rechtzeitig bin ich in eine Einbuchtung ausgewichen. Dort wo die Einfahrt in die Tankstelle ist. Ich fuhr an den Zapfsäulen vorbei und durch die Hinterhofausfahrt wieder raus, sodass ich auf die Parallelstraße kam, die ins Zentrum führt. Aber das Motorrad tauchte schon kurz darauf wieder auf.«

Peter nahm sich eine neue Cola, weniger aus Durst,

als um die Spannung zu steigern. Justus und Bob schwiegen.

Peter stellte die Flasche ab. »Auf dem Seitenstreifen fuhr eine kleine Gruppe von Inlineskatern. Ich drängte mich zwischen sie. Das hielt den Messerwerfer etwas im Hintergrund. Doch dann bogen die Jungs plötzlich in eine Straße ab und ich war wieder allein. Nur noch ein Fahrradfahrer folgte weiter hinten, doch der war ziemlich weit weg. Das nutzte der Messerwerfer aus: Sofort war er wieder dicht hinter mir!«

»Warum hast du nicht einfach das Kästchen weggeschmissen?«, fragte Bob dazwischen. »Das wollte er doch wohl zurückhaben?«

Bevor Peter antworten konnte, schaltete sich Justus ein: »Unzulässige Frage! Die drei ??? lassen sich niemals ein Rätsel entgehen.«

»Das war aber nicht der Grund«, gab Peter offen zu. »Ich habe in meiner Panik überhaupt nicht daran gedacht. Inzwischen hatte ich die Innenstadt von Rocky Beach erreicht und skatete die Hauptstraße entlang. Ich wechselte sofort auf den Bürgersteig. Gerade als ich am Eingangsportal von ›Best Sales‹, dem Kaufhaus, vorbeisteuerte, griff der Kerl nach mir. Ich konnte mich gerade noch losreißen und raste ins Kaufhaus.«

Peter lachte kurz auf. »Im Nachhinein ist das fast lustig. Ihr hättet mal sehen sollen, wie die Leute zur Seite sprangen. Ich bin eine Rolltreppe hoch und mit dem Aufzug wieder runter. Von meinem Verfolger war nichts zu sehen. Dann drückte ich mich durch den Seitenausgang. Die Luft schien rein.«

»Jetzt warst du in der Nähe der Autovermietung, bei der Morton arbeitet«, bemerkte Justus. »Dahin hast du dich gerettet.«

»Genau. Ich sah, wie Morton in dem Moment von einer Fahrt zurückkam und in den Hof zur Autovermietung einbog. Kurz entschlossen fuhr ich ihm nach. Als ich auf den Hof rollte, stand der Rolls-Royce schon auf dem Parkplatz. Gerade als Morton aussteigen wollte, erwischte ich ihn. Na, ihr kennt ja Morton. Manchmal kann er sehr formell und kühl wirken. Aber wenn es drauf ankommt, ist er schnell von Begriff. ›Nehmen Sie Platz, junger Herr‹, sagte er nur und hielt mir die hintere Tür auf. So etwas lässt er sich ja nicht nehmen. Ich schmiss mich auf die Rückbank und Morton gab Gas. Das war meine Rettung. Nun bin ich in Sicherheit.«

Justus und Bob dachten über Peters Geschichte nach. In was für eine Sache war Peter da hineingeraten? Alle Fragen hatte er noch nicht beantwortet. Und vor allem: Wo hatte er das geheimnisvolle Kästchen versteckt?

Peter lehnte sich erst einmal entspannt zurück und holte Luft. So viel wie heute hatte er schon lange nicht mehr zu erzählen gehabt.

Er spürte, wie sein Erlebnis Justus und Bob beschäftigte, wenn er auch ahnte, dass es mehr das Rätsel um das Kästchen war, das die Freunde bewegte, als die Sorge um ihn selbst. Peter wollte gerade erzählen, was mit der Schatulle geschehen war, als das Telefon klingelte.

»Justus Jonas von den drei Detektiven?« Der Erste Detektiv schaltete den Lautsprecher an.

Der Mann am anderen Ende stellte sich nicht vor. »Ich möchte Peter Shaw sprechen. Es ist dringend.«

»Worum geht es denn, Mister?«

»Um sein Leben.«

Die Zeit läuft

Der Zweite Detektiv wurde kreidebleich.

»Peter ist leider unterwegs«, sagte Justus nach einer Schrecksekunde in den Hörer. Er versuchte die Nerven zu behalten. »Verraten Sie mir bitte Ihren werten Name?«

»Natürlich steckt Peter Shaw bei euch«, entgegnete der Mann kühl. Er sprach mit einem merkwürdigen Akzent. Amerikaner war er mit Sicherheit nicht. »Junge, wenn du mich nicht ernst nimmst, bist du der Nächste auf der Liste.«

Justus schluckte und warf jetzt doch einen unsicheren Blick auf Peter. Obwohl Peter am ganzen Leib zitterte, bedeutete er seinem Freund, ihm den Hörer zu geben.

»Peter Shaw hier.«

»Siehst du, es geht ja! Pass auf, Shaw. Wenn du den nächsten Morgen noch erleben willst, rück auf der Stelle das Kästchen raus.«

»Welches ... das Kästchen, aber ... ich ... ich habe es nicht mehr!«, stotterte Peter.

Einen Moment lang herrschte Stille. Justus und Bob sahen Peter entsetzt an. War das ein Bluff oder die Wahrheit?

»Lüg mich nicht an«, sagte der Mann.

»Aber es stimmt, Sir! Ich habe das Kästchen ... verloren … auf meiner Flucht … und ich glaube … vielleicht könnte ich es finden, Sir! Ja, ich werde es finden! Aber so schnell geht das nicht … Es dauert und ich muss noch … aber es wird klappen! Ich verspreche es Ihnen!«

Einige Sekunden lang antwortete der Mann nichts. »Okay. Du brauchst Zeit«, sagte er dann. »Du sollst sie haben. Bis heute Nachmittag muss alles erledigt sein. Punkt 18 Uhr lieferst du mein Eigentum ab. Vorher darf es nicht in fremde Hände gelangen, hörst du? Du gibst es niemandem! Egal wer dich fragt. Und ich rate dir eins: Sei pünktlich! Dann ist alles in Ordnung. Andernfalls hast du ein ernsthaftes Problem. Ich warne dich!« Der Mann am anderen Ende der Leitung schien zu überlegen. »Kennst du den Brunnen auf dem St.-Ann's-Platz?«

»Den Felsenbrunnen?«

»Ja. Rechts daneben steht ein Abfallkorb. Du schiebst das Kästchen einfach rein, verpackt in eine Plastiktüte. Punkt 18 Uhr. Dann verschwindest du. Ich will außer dir keinen dort sehen! Auch keine Polizei! Ich hoffe, dir ist klar, was sonst mit dir passiert. Denn ich werde dich finden, früher oder später! Du entkommst mir nicht, *Mr Peter Shaw*!«

»Mister, ich … ich tue mein Bestes.«

»Na schön. Ach, eins noch. Hast du versucht, das Kästchen zu öffnen?«

»Aber nein, Sir!«

»Das ist gut, sehr gut … Unterlasse es! Es ist eine Sprengladung eingebaut. Zur Absicherung, falls es in falsche Hände gerät. Beim dritten Fehlversuch vernichtet es sich selbst. Wehe dem, der es dann in den Händen hält.«

»Ich … ich habe verstanden.«

»18 Uhr. Sei pünktlich!« Es klickte. Der Mann hatte eingehängt.

Peter brauchte zwei Versuche, bis der Hörer wieder auf der Gabel lag, so sehr zitterte er. Diesen Anruf hatte er nicht erwartet. Woher wusste der Mann bloß, wie er hieß? Und wo er sich aufhielt? Es lag auf der Hand, dass es sich bei dem Anrufer um den Messerwerfer gehandelt haben musste. Mit ihm war nicht zu spaßen. Es konnte natürlich auch der andere Mann aus der Lagerhalle gewesen sein, der, den er nicht zu Gesicht bekommen hatte. Die Gedanken wirbelten Peter durch den Kopf. Vor allem eins machte ihm Sorgen: das Kästchen.

»Natürlich liefern wir das Kästchen nicht ab«, erklärte Justus in die allgemeine Ratlosigkeit hinein.

Peter sah ihn erschrocken an. »Was?«

»Jetzt ist es genau 11 Uhr 33. Wir haben bis 18 Uhr Zeit. Bis dahin versuchen wir, den Fall zu lösen. Unter der Voraussetzung, du weißt tatsächlich, wo das Kästchen ist.«

»Kommt gar nicht in Frage! Wir rühren da nicht weiter dran!«

»Warum nicht? Der blufft doch nur. Notfalls verstecken wir dich! Wir können auch Inspektor Cotta informieren!«

»Ja, und? Dann erwischt mich der Mann eben morgen. Oder in einer Woche. Oder in einem Jahr! Schließlich geht es um mein Leben und nicht um deins! Ich gebe ihm die Kiste zurück und Schluss.«

Jetzt mischte Bob sich ein. »Peter hat Recht«, sagte er. »Er muss das selbst entscheiden. Ich schlage vor, wir liefern das Kästchen auf alle Fälle zum verlangten Zeitpunkt ab. Allerdings spricht wohl nichts dagegen, die Zeit bis dahin für ein paar vorsichtige Nachforschungen zu nutzen. Wenn es dir zu weit geht, Peter, kannst du uns ja bremsen.«

Peter grummelte etwas, das Bob kurzerhand als Zustimmung auffasste. »Doch nun würde mich langsam interessieren, wo das Objekt der Begierde überhaupt ist«, sagte Bob.

Peter lief rot an. »In einer Mülltonne«, murmelte er leise.

»Wie bitte?«

»Mülltonne!«

»Du hast es in eine Mülltonne geworfen? Hier bei uns auf dem Hof? Dann holen wir es schnell.« Justus wollte schon aufspringen.

»Bei der Autovermietung«, sagte Peter kleinlaut. »Mir wurde die Sache zu heiß. Bevor ich zu Morton geskatet bin, habe ich das Teil in die Tonne gesteckt. Unter einen Müllsack, man sieht es nicht gleich.«

»Na, dann müssen wir sofort hin!«, rief Justus. »Sonst findet jemand anderes das Kästchen. Und dann möchte ich nicht in deiner Haut stecken!«

Knapp daneben

Die drei ??? beschlossen das Auto zu nehmen. Das ging schneller und zum Fahrradfahren war es ohnehin zu windig. Sie schnappten sich ihre Jacken und Justus packte auch die Videokamera ein. Er hatte vor, jemanden zu suchen, der ihm die Stelle mit den chinesischen Sprachfetzen übersetzen konnte. Und vielleicht konnten sie mit der Kamera auch noch andere wichtige Aufnahmen machen.

Bob hatte seinen VW Käfer im Hof des Schrottplatzes geparkt. Justus schob Peter auf die Rückbank und wies ihn an zu kontrollieren, ob sie verfolgt würden.

Der Zweite Detektiv war froh, eine Aufgabe zu haben. So musste er nicht dauernd an den Anruf denken, der ihm doch einen gehörigen Schreck versetzt hatte. Er blickte durch das Rückfenster, doch ihm fiel nichts Ungewöhnliches auf. Zumindest kein rotes Motorrad mit einem irren Messerwerfer am Lenker. Als etwas in Peters Hosentasche knisterte und er seine Hand hineinsteckte, entdeckte der Zweite Detektiv jedoch etwas anderes.

Der Zettel. Er hatte ihn ganz vergessen. Der Zettel, der an dem Kästchen gehangen hatte und den er auf der Flucht eingesteckt hatte. Ein bisschen zusammengeknüllt, aber ansonsten unversehrt. Peter zog ihn hervor und zum ersten Mal betrachtete er ihn in Ruhe. Es war ein dickes, außergewöhnliches Papier. Mit feiner Feder hatte jemand einen Text auf das Blatt geschrieben. Fünf Zeilen nur, mit unterschiedlicher Länge. Leider nicht in Englisch. Die Wörter sahen sehr fremd aus. Es konnte Chinesisch sein oder irgendeine andere asiatische Sprache.

»Der Zettel, der an dem Kästchen hing«, sagte Peter und reichte ihn nach vorne durch.

Justus untersuchte das Papier noch sorgfältiger als Peter. Doch weiter als sein Freund kam er mit seinen Erkenntnissen auch nicht. »Keine Ahnung, in welcher Sprache der Text geschrieben ist. Wahrscheinlich eine fernöstliche Sprache. So wie die Zeilen angeordnet sind, schätze ich, dass es sich um die Strophe eines Gedichtes handelt.« Er gab Peter den Zettel zurück und blickte zu Bob. »Wenn wir das Kästchen gefunden haben, fahren wir in die Bibliothek und versuchen herauszufinden, was das bedeutet. Vielleicht enthält der Text einen Hinweis auf den Zeichencode, mit dem wir die Schatulle öffnen können. Und dann wissen wir, ob es hier wirklich um einen Schatz geht oder um etwas ganz anderes. Was meinst du, Bob?«

Bob nickte und bremste, da die Ampel rot wurde. »Gleich sind wir am Ziel«, sagte er. Er sah den Fußgängern nach, die seiner Meinung nach viel zu langsam die Straße überquerten. Dann endlich sprang die Ampel wieder um und Bob konnte in die Straße einbiegen, in der die Autovermietung lag. Schwungvoll rollte er nach wenigen Metern auf den Hof der Firma.

Doch augenblicklich stieg er auf die Bremse. Justus wäre fast vom Sitz gerutscht, aber der Gurt hielt ihn. Nur Peter hatte sich zu früh abgeschnallt und rieb sich jetzt stöhnend die Knie, mit denen er gegen den Vordersitz geprallt war. »Das darf doch nicht wahr sein!«, lamentierte Bob. »Ausgerechnet jetzt muss die Müllabfuhr kommen!«

Zwei kräftige Männer waren gerade dabei, einen Container nach dem anderen zu ihrem Laster zu rollen, dessen eingebaute Müllzerkleinerungsanlage den Inhalt unaufhaltsam in sich hineinschlang.

Bob parkte auf dem nächstbesten freien Platz. Gerade schob einer der Männer wieder einen Müllbehälter herbei.

»Das ist meine Tonne!«, rief Peter aufgeregt. »Nummer 63, die Nummer habe ich mir gemerkt! Los, bewegt euch! Er darf sie auf keinen Fall in den Müllschlucker kippen!«

Mit atemberaubender Geschwindigkeit, die man ihm nicht zugetraut hätte, sprang der pummelige Erste Detektiv aus dem Wagen und postierte sich neben dem Müllmann. Selbstbewusst legte er seine Hand auf die Tonne. »Dürfte ich da bitte mal kurz meine Nase reinstecken?«

Der Mann zuckte zurück und drückte dann energisch Justus' Hand vom Deckel. »Komm, Junge, schieb ab! Ich will heute noch mal fertig werden!«

Als auch noch Bob und Peter dazutraten, wurde der Blick des Müllmanns wütender. Er winkte seinen Kollegen herbei. »Komm mal her, hier sind ein paar Jungs, die uns von der Arbeit abhalten wollen!«

»Wieder diese Kerle, die den Müll anderer Leute durchwühlen?« Sein Kollege stapfte herbei. »Ich habe die Schnauze voll von euch! Ihr rennt herum und kippt jedem Schauspieler, der in irgendeinem Kinoschlager mitgespielt hat, den Kübel aus – immer auf der Suche nach schmuddeligen Spuren aus seinem Leben, die ihr dann in einer Zeitung veröffentlichen könnt. Und wir müssen den Mist dann wieder einsammeln! Steckt gefälligst eure Nasen nicht in den Dreck anderer Leute und lasst uns unsere Arbeit tun!«

Justus holte Luft. »Diese Tonne gehört der Autovermietung!«

»Auch die haben ein Recht auf ihre Privatsphäre«, entgegnete der Mann. »So, und nun verdrückt euch.«

Bob schaltete sich ein. »Mister! Es geht nicht darum, Menschen auszuspionieren. Wir haben einfach versehentlich etwas weggeworfen und wollen es wiederhaben, bevor es im Reißwolf verschwindet. Mehr nicht.«

»Versehentlich weggeworfen, ach ja, und was?«

»Ein kleines rotbraunes Kästchen. Wir werden es Ihnen zeigen, wenn wir vielleicht endlich die Tonne öffnen dürften.«

»Da bin ich aber gespannt!« Jetzt nahm der Mann seine Hand von der Tonne.

»Wetten, dass sie nichts finden«, kündigte sein Kollege an. »Ich warte schon lange darauf, diese Müllwühler mal in die Finger zu bekommen!«

»Tun Sie, was Sie nicht lassen können«, sagte Justus und hob entschlossen den Deckel hoch. »Doch leider werden Sie zu dem Ergebnis kommen, dass wir Recht haben!« Er blickte ins Innere. Zwei ekelerregende Müllsäcke stanken ihm entgegen. »Das Kästchen liegt darunter«, sagte er und zog einen der Säcke heraus. Brauner Saft lief an der Außenseite herab und tropfte auf den Parkplatz. So gut es ging, versuchte Justus den Sack mit den Fingerspitzen anzufassen, doch er war schwer und rutschte ihm fast aus der Hand.

Peter hielt die Luft an und steckte den Kopf in die Tonne. Kein Kästchen war zu sehen. Vorsichtig drückte er den zweiten Sack zu Seite und hob ihn schließlich ganz heraus. Wieder nichts.

Justus warf seinem Freund einen nervösen Blick zu. »Bist du sicher, dass es die richtige Tonne ist?«

»Absolut«, sagte Peter und wischte sich an einem Taschentuch die Hände ab. »Das muss sie sein. So blöde bin ich doch nicht, dass ich mir nicht mal die Nummer merken kann!«

»Na, ich weiß nicht …«, feixte der Müllmann. Langsam schien er Spaß an der Aktion zu bekommen. Auch sein Kollege verfolgte grinsend das Schauspiel und ballte spielerisch schon mal die Fäuste.

Vor Aufregung konnte es Peter nicht mehr aushalten. Mit bloßen Händen griff er in den Dreck. Bananenschalen, Kaffeefilter, angeschimmelte Orangen – alles wanderte auf den Betonboden des Hofes.

»Das sammelt ihr schön wieder ein«, sagte der erste Müllmann und verschränkte seine Arme.

Es war nicht zu fassen. Peter beugte sich tiefer in den

Container und wühlte, bis seine Hand auf den Boden kam. Fehlanzeige! Mit rotem Kopf tauchte er wieder auf. »Wir sind zu spät«, sagte er und schluckte. »Das Kästchen ist weg! Jemand hat es gestohlen!«

»Einsammeln!«, befahl der Müllmann und zeigte auf den verdreckten Boden.

Während sich Peter und Bob um den Müll kümmerten, schaute Justus unter den misstrauischen Blicken der Männer vorsichtshalber noch in die drei restlichen Container. Der erste war nur halb voll. Keine Spur von einem Kästchen. Die beiden anderen waren bereits geleert.

»Das war's dann wohl«, murmelte er enttäuscht. Er half Peter und Bob beim Zusammensuchen des Mülls, dann trotteten sie unter den feixenden Blicken der Müllmänner wieder zum Auto.

»Was machen wir jetzt?«, fragte Bob niedergeschlagen. »Das Kästchen ist weg. Peter wird es an den Kragen gehen! Sollen wir zur Polizei gehen und alles erzählen? Oder ist es besser, wenn wir Peter vor dem Messerwerfer verstecken? Wenn wir wenigstens eine Ahnung hätten, wie ernst es der Anrufer meint!«

»Am besten, ich löse mich für eine Weile in Luft auf«, meinte Peter frustriert.

Sie schwiegen. Der Wind trieb einen gebrauchten Kaffeefilter über den Hof. Plötzlich sagte Justus: »Ich habe eine Idee, wo das Kästchen sein könnte!«

Bargeld für Rubbish-George

Peters Gesicht gewann wieder an Farbe. »Erzähl!«

»Rubbish-George. Der Stadtstreicher, der tagsüber immer an der Strandpromenade hockt. Er hat doch seine Bretterbude in einem der Hinterhöfe in der Nähe!«

»Und er durchwühlt gerne Abfalltonnen, immer auf der Suche nach etwas Verwertbarem«, ergänzte Bob. »Die Leute werfen alles Mögliche weg, was man noch brauchen kann. Und Rubbish-George holt sich das!«

Klar, bei diesem Wetter trieb sich der Stadtstreicher bestimmt nicht am Strand herum. Das leuchtete auch Peter ein. Doch er fand sofort wieder ein Haar in der Suppe. »Ich hoffe nur, dass Rubbish-George nicht versucht hat, die Kiste zu öffnen. Sonst ist sie zerstört und alles ist aus.«

»Hast du dir eigentlich merken können, auf welche Kombination das Nummernschloss eingestellt war?«, fragte Bob.

»Ich sagte doch: Es waren keine Ziffern, sondern Symbole: ein Affe ... dann so etwas wie eine blaue Welle ... keine Ahnung. Das ging doch alles viel zu schnell in der alten Lagerhalle! Und auf dem Video konnte man es auch nicht erkennen. Dazu war das Bild zu schlecht.«

»Hoffen wir mal, dass Rubbish-George die Finger

von dem Schloss gelassen hat. Schlimmstenfalls hat er sich sogar noch verletzt«, befürchtete Bob.

Justus rümpfte die Nase. »Nun malt mal nicht gleich den Teufel an die Wand! Wir müssen erst mal überprüfen, ob er das Kästchen überhaupt hat. Verlieren wir keine Zeit!«

Da Rubbish-George quasi um die Ecke hauste, ließen sie das Auto stehen und rannten los. Es ging zwei Straßen entlang und schon gelangten sie in eine zwielichtige Ecke von Rocky Beach. Unter den Einwohnern hieß die Gegend ›Little Rampart‹ nach dem berüchtigten Distrikt in Los Angeles, doch natürlich war es sehr viel kleiner. Eigentlich bezog sich Little Rampart nur auf drei, vier Häuserblocks, in deren Hinterhöfe die wilde Straßen- und Musikkultur aus Los Angeles ein paar Schatten warf.

Kurze Zeit später kamen die drei ??? durch eine mit Graffiti besprühte Toreinfahrt und betraten ein Hofgelände, für das die Bezeichnung ›chaotisch‹ eine Untertreibung dargestellt hätte. Hier war jahrelang alles vor sich hin geschimmelt und gerottet: Teile alter Möbel, Gummireifen, Elektronikschrott. Die Hausbesitzer schien das nicht zu interessieren. Justus fühlte sich fast wie zu Hause.

In all dem Durcheinander wirkte der Bretterverschlag des Stadtstreichers fast wie ein Ruhepunkt. Rubbish-George hatte ihn in einer abgelegenen Ecke zwischen zwei Häuserwänden eingebaut. Als Dach diente ihm eine alte Lastwagenplane, die noch den Werbeschriftzug einer Speditionsfirma trug. Sie knatterte im Wind.

Mit wenigen Schritten hatten die Jungen den Hof überquert. Justus suchte eine Tür, doch er fand keine. Mehrere breite Bretter waren nebeneinandergenagelt. Aus dem Inneren der Hütte drang laute Musik. »Beach Boys«, stellte Bob fest. Rubbish-George schien also zu Hause zu sein.

Als sich Justus zufällig an eines der Bretter lehnte, gab dieses nach. Es war eine geheime Drehtür. Schwungvoll landete der Erste Detektiv im Inneren der Hütte. Was er sah, erinnerte ihn irgendwie an den Schrottplatz zu Hause: Im Inneren des Verschlages hatte Rubbish-George im Laufe der Zeit all das zusammengetragen, wovon er glaubte, dass er es zum Leben brauchte. Regale voll mit Gerümpel, dazwischen ein Gaskocher, auf dem eine Suppe dampfte. Die Surfmusik drang aus einem nagelneuen CD-Player. In der Ecke stand ein rostiges Bett aus Armeebeständen.

Darauf kauerte Rubbish-George. Er wirkte überrascht, ja erschrocken, als kurze Zeit nach Justus auch Peter und Bob hereinstolpert kamen. Mit einer schnellen Bewegung verbarg er etwas unter seiner Lederjacke.

»Aha, die Fragezeichen«, sagte er und seine Gesichtszüge entspannten sich etwas. »Schnüffelt ihr mal wieder in anderer Leute Angelegenheiten herum? Ich habe nichts gesehen. Ich habe nichts gehört. Ich kann euch wirklich nicht weiterhelfen!«

Justus grinste. »George, Sie wissen doch gar nicht, worum es geht!«

»Ihr steckt immer in irgendeiner dreckigen Geschichte. Lasst mich bloß damit in Ruhe!« Er wandte sich ab und zog hörbar die Luft durch die Nase. »Kann es sein, dass es hier irgendwie nach Müll stinkt?«

Schuldbewusst starrten die drei ??? auf ihre Hände. Jetzt roch Justus es auch. Es war das Ergebnis ihrer Mülltonnenaktion. Justus räusperte sich. »Was haben Sie da unter Ihrer Jacke versteckt, George?«

Doch so kam man Rubbish-George nicht bei. »Einen Schatz natürlich.« Er grinste. Mit der freien Hand wischte er sich die langen grauen Haare zurück, sodass seine listigen Augen zum Vorschein kamen. »Was sucht ihr denn?«

»Ein Kästchen. Rotbraun. Wir hoffen, dass Sie es aus einer Mülltonne gefischt haben. Sonst haben wir nämlich ein Problem«, rutschte es Bob heraus. »Und Sie auch. Wenn man es unsachgemäß öffnet, kann es explodieren!«

Rubbish-George überlegte. Er stand auf und drehte die Surfmusik leiser. Ächzend ließ er sich wieder auf das Bett fallen. »Was habt ihr denn zu bieten?«

»Für das Kästchen?«, fragte Peter hoffnungsvoll.

»Dafür, dass ich euch zeige, was ich gefunden habe.«

Die drei ??? sahen sich an. Rubbish-George war wirklich ein Schlitzohr. Doch die Zeit drängte und sie hatten keine andere Wahl. »Einen Dollar?«, bot Justus an.

»Zehn.«

»Fünf auf die Hand.«

»Zehn.«

»Acht«, sagte Justus. »Letztes Angebot.«

»Zehn!« Rubbish-George grinste und zog die Jacke enger zusammen.

Die drei ??? öffneten stöhnend ihre Geldbörsen und sammelten Dollarscheine, bis es schließlich der geforderten Summe entsprach. Zähneknirschend reichte Justus das Geld rüber. »Und nun die Ware.«

Doch Rubbish-George legte erst einmal das Geld aufs Bett und zählte genau nach. Dann hob er grinsend seine Jacke hoch. Ein länglicher Gegenstand rutschte heraus, fiel auf den Boden und blieb vor den Füßen der Detektive liegen.

»Aber … das ist ja gar nicht das Kästchen«, rief Bob enttäuscht. »Habe ich auch nicht gesagt.« Rubbish-George's Augen blitzten. Er triumphierte mit seinem gelungenen Täuschungsmanöver. Peter schluckte und bückte sich. Vorsichtig hob er den Gegenstand auf.

»Sieh an, ein Wurfmesser!«, sagte er. »Genau das gleiche Modell wie das, mit dem nach mir geworfen worden ist. Seht her, hier sind die chinesischen Zeichen!« Zitternd reichte er es weiter an Justus, der es sich genau ansah, dann einen Plastikbeutel hervorzog und das Beweisstück darin verschwinden ließ. Justus wandte sich wieder an den Stadtstreicher, der ihn verwundert anstarrte. »Wo haben Sie das gefunden?«, wollte er wissen.

»Im Hof der Autovermietung«, antwortete Rubbish-George. »Wisst ihr etwa, wem es gehört?«

»Einem Messerwerfer«, sagte Peter. »Er sieht aus, als sei er einem schlechten asiatischen Actionfilm entsprungen.«

Rubbish-George schüttelte sich angewidert. »Da bin ich aber froh, dass ich das Messer los bin. Sonst schneidet mir der Kerl noch meine Haarpracht ab!«

»Oder er rasiert Sie!«, sagte Bob trocken. Justus und Rubbish-George lachten, doch Peter verzog nicht einmal das Gesicht. Das Messer hatte ihm die gefährliche Situation, in der er war, schlagartig wieder klar gemacht. Was ihn am meisten bedrückte: Wenn Rubbish-George das chinesische Messer in der Nähe der Autovermietung gefunden hatte, war es wahrscheinlich, dass sein Verfolger inzwischen das Kästchen besaß. Damit konnte natürlich alles geregelt sein. Aber was, wenn der Messerwerfer nicht der Anrufer gewesen war? »Lasst uns hier verschwinden«, drängelte Peter.

»Okay.« Justus nickte und schob Peter und Bob zu dem Brett, das als geheime Drehtür funktionierte. »Einen interessanten Eingang haben Sie übrigens, George!«

»Nicht wahr? Ein Zirkus hat mir mal zwei dieser Geheimtüren vermacht!«

»Und wo ist die andere?«

Rubbish-George grinste. »Nicht nur Detektive brauchen Notausgänge!«

Das konnte Justus gut verstehen. »Bis zum nächsten Mal, George!«

»Es gibt immer ein nächstes Mal«, rief ihm George hinterher und drehte die Musik lauter.

»Rubbish ist mit allen Wassern gewaschen«, sagte der Erste Detektiv, als sie wieder durch die Hofeinfahrt liefen.

Bob nickte. »Ich würde ihm die zehn Dollar ja gönnen, wenn wir selbst genug hätten. – Seht mal, Rubbish-George bekommt Besuch!«

Ein Mann stand in der Einfahrt. Als er die drei ??? bemerkte, drückte er sich in den Schatten eines seitlich gelegenen Hausflurs und ließ sie passieren.

Die drei ??? warfen im Vorübergehen einen Blick in den dunklen Eingang, konnten aber nichts erkennen.

»Wer das wohl war?«, fragte Bob, als sie wieder auf der Straße standen. »Unheimlicher Typ.«

Justus schüttelte den Kopf. »Mach dir doch nicht gleich ins Hemd, Bob. Er versteckt sich vor uns und nicht wir vor ihm!«

Peter hatte die ganze Zeit über geschwiegen. Jetzt reichte es ihm. »Hört mal! Ich schwebe in Lebensgefahr und ihr habt nichts Besseres zu tun, als euch über einen Typen Gedanken zu machen, den wir noch nicht mal richtig gesehen haben«, schimpfte er los. »Die ganze Gegend hier ist doch voll von solchen Gestalten! Wisst ihr überhaupt, was das Auftauchen des Messers bedeutet?«

Justus nickte. Peter hatte Recht. Sie mussten sich wieder um das Wesentliche kümmern. »Die Möglichkeit besteht, dass der Messerwerfer das Kästchen in seinen Besitz gebracht hat«, beantwortete er Peters Frage.

»Schön hast du das ausgedrückt! Und wie soll ich jetzt wieder an das Kästchen kommen?«

»Vielleicht«, sagte Justus, »ist der Fall damit sogar abgeschlossen. Wenn der Anrufer und der Messerwerfer ein und dieselbe Person sind, können wir jetzt gemütlich in die Zentrale fahren und den Fall als ungelöst abhaken.«

»Und wenn nicht?«

In dem Moment zupfte Bob Justus am Ärmel. »Schau!«, rief er. »Dahinten parkt ein rotes Motorrad! Das kann doch kein Zufall sein!«

»Lasst es uns unter die Lupe nehmen«, entschied Justus sofort.

»Ohne mich.«

»Willst du hier allein warten, Peter?«

»Das nun auch wieder nicht, aber …«

Doch Justus hatte sich schon umgedreht und war losgelaufen.

Mortons Geheimnis

Das rote Motorrad parkte in einer Nebenstraße vor dem Hintereingang des Kaufhauses. Während sich Peter in das Geschäft verdrückte, um durch das Schaufenster alles zu beobachten, machten sich Justus und Bob daran, das Fahrzeug zu untersuchen.

Die Zulassung war aus Kalifornien. Justus blickte auf den Tachometer: etwas mehr als 30 000 Meilen. Es handelte sich um eine gängige japanische Maschine, wie sie zu Dutzenden durch Rocky Beach fuhren. Ungewöhnlich war allein die teure Ausführung. Vielleicht gaben die beiden Gepäckboxen mehr her. Justus nickte Bob zu und sie nahmen sich jeder eine vor. Doch wie zu erwarten war alles verschlossen. Unverrichteter Dinge mussten Justus und Bob den Rückzug antreten.

»Nichts«, sagte Bob, als Peter wieder aus dem Kaufhaus herauskam. »Und jetzt?«

Justus zuckte mit den Achseln. »Ich schlage vor, dass wir das Motorrad überwachen, bis der Messerwerfer kommt. Dann verfolgen wir ihn.«

Peter war wenig begeistert. »Wozu? Damit er noch eine Chance erhält, mich besser zu treffen?«

»Damit du das Kästchen zurückbekommst«, antwortete Justus. »Falls der Messerwerfer es überhaupt gefunden hat. Das würde ich gerne noch überprüfen. Wir können es so angehen: Peter wartet hier. Keine Angst, Peter: Du postierst dich wieder im Kaufhaus hinter der Schaufensterauslage, während ich mit Bob zur Autovermietung gehe und frage, ob jemand etwas Verdächtiges auf dem Hof beobachtet hat. So können wir auch gleich das Auto holen.«

»Bob soll bei mir bleiben!«, forderte Peter.

»Meinetwegen. Dann gehe ich halt alleine. Gib mir die Autoschlüssel, Bob!«

Widerwillig zog Bob seinen Schlüsselbund hervor. Es passte ihm nicht, dass er Peter assistieren sollte, während Justus wieder die wichtigen Sachen machte. »Warum bleibst *du* nicht bei Peter und *ich* gehe zum Autoverleih?«

»Komm, Bob, lass uns das jetzt bitte nicht ausdiskutieren. Sonst hocken wir morgen früh noch hier.«

Bob zögerte immer noch. Grinsend hielt Peter Justus seinen eigenen Schlüsselbund unter die Nase. »Nimm doch meinen so lange!«

»Ha, ha, sehr witzig, Peter!« Der Erste Detektiv zog Bob den Autoschlüssel aus der Hand und machte sich aus dem Staub.

Als Justus den Hof der Autovermietung betrat, war die Müllabfuhr längst weitergefahren und die Container standen wieder an ihrem Platz. Der Wind pfiff ihm nach wie vor um die Ohren, doch der Erste Detektiv nahm sich die Zeit, sich einen Überblick zu verschaffen. Der Rolls-Royce parkte immer noch da, wo er vorhin gestanden hatte. Morton war vermutlich noch hier. Und es war gut möglich, dass er oder einer der anderen Mitarbeiter der Firma durch das große Glasfenster, das zum Hof ging, etwas Verdächtiges beobachtet hatte.

Justus trat durch die Seitentür in den Kundenraum der Verleihfirma. Außer einer Mitarbeiterin, die Justus flüchtig von früheren Begegnungen her kannte, war niemand anwesend. Die Frau saß hinter einer Theke und bearbeitete etwas am Computer, während sie auf Kunden wartete.

Als sie auf Justus aufmerksam wurde, zögerte sie kurz, dann huschte ein Lächeln über ihr Gesicht.

»Ah, Justus ... Jonas, wenn ich mich recht erinnere. Hat euch der Mann inzwischen erreicht?«

Justus blickte sie erstaunt an. »Welcher Mann?«

»Also nicht? Nun, eigentlich wollte er auch nicht *dich* sprechen, sondern Peter, deinen Freund. Peter hatte doch seinen Schlüsselbund verloren und der Mann hat ihn gefunden. Gleich nachdem Peter und Morton weggefahren waren, kam er rein. Ich hatte ihm eure Telefonnummer gegeben. Hier, die aus meiner Kundenkartei. Sie stimmt doch noch?«

»Äh, ja«, sagte Justus schnell. Peter? Schlüsselbund verloren? Das war doch Blödsinn. »Wie sah der Mann aus?«, fragte er misstrauisch.

Die Frau zog die Stirn in Falten. »Ach Gott, er hatte irgendwelche Freizeitkleidung an. Ich denke, er stammte aus China oder Korea.« Sie lachte. »Wenn ich geahnt hätte, dass du es so genau wissen willst, hätte ich ihn mir natürlich länger angeschaut. Stimmt denn etwas nicht?«

»Doch, doch, vielen Dank«, beeilte sich Justus zu sagen. Es hatte keinen Sinn. Er musste auf das Spiel eingehen und versuchen, mehr herauszubekommen. »Inzwischen hat sich alles geklärt«, sagte er. »Peter hat den Schlüsselbund vermutlich verloren, als er heute Vormittag zu Ihnen auf den Hof geskatet kam.«

»Aber warum habt ihr den Schlüssel in den Mülltonnen gesucht?«

»Ah! Sie haben uns also gesehen! Ja ... da wussten wir noch nicht, dass der Schlüssel längst wieder aufgetaucht war. Der Anruf kam ... erst eben.« Das konnte schon rein zeitlich hinten und vorne nicht stimmen, und bevor es der Frau auffiel, lenkte Justus das Thema schnell auf den für ihn entscheidenden Punkt: »Haben Sie eigentlich noch andere Leute bei den Müllcontainern beobachtet?«

Die Frau schüttelte den Kopf. »Natürlich habe ich nicht die ganze Zeit hinausgesehen. Manchmal waren auch Kunden da. Aber schau doch mal nach hinten und frage Morton, wenn dich das so sehr interessiert. Er sitzt in der Küche und trinkt Kaffee. Seine nächste Fahrt ist erst in einer Stunde.«

»Das werde ich gerne tun. Vielen Dank.«

Die Frau drückte auf einen verborgenen Knopf, so dass die kleine halbhohe Tür, die den Bürobereich abtrennte, aufsprang.

Justus bedankte sich mit einem Nicken. Von früheren Besuchen her kannte er den Weg. Er brauchte nur einen kleinen Gang zu durchlaufen, dann stieß er direkt auf die Küche, in der die Mitarbeiter der Firma ihre Pausen verbrachten.

Heute war nicht viel los. Morton saß alleine an einem der beiden Tische. Vor ihm stand ein halb leerer Becher Kaffee. Und daneben lag ein kleines rotbraunes Samtkästchen!

Augenblicklich erhob sich Morton. »Mr Justus Jonas«, sagte er förmlich wie immer, aber Wärme klang in seiner Stimme mit. »Setz dich bitte. Darf ich dir einen Kaffee anbieten?«

Justus winkte ab. Er konnte seinen Blick nicht von dem Kästchen wenden. Morton bemerkte es. »Interessant, nicht? Das habe ich in unserem Müllcontainer gefunden«, erklärte er. Als Justus die Stirn runzelte, fuhr er fort: »Peter hatte ziemlich viel Erde und Dreck an seinen Inlineskates kleben. Ich musste den Fußraum des Rolls-Royce mit Schaufel und Besen reinigen. Und als ich die Brocken in den Müllcontainer kehrte und mit der Schaufel etwas Platz machte, entdeckte ich es. Ich glaube nicht, dass so eine antike Schatulle in die Mülltonne gehört!«

Justus nahm das Kästchen in die Hand. Das war es also, das Objekt der Begierde. Sie hatten den Müll durchwühlt, dann bei Rubbish-George gesucht und nirgends etwas gefunden. Sie hatten schon geglaubt, die Jagd wäre verloren. Und nun war alles ganz anders. Morton hatte Peters Dreck entfernt und das Kästchen lag einfach hier auf dem Tisch, als sei es das Normalste der Welt.

Vorsichtig besah sich Justus die Schatulle genauer. Auf den Deckel war ein fein gezeichnetes, radförmig angelegtes Bild gemalt. Eine dunkle, monsterähnliche Figur hielt das Rad in ihren Klauen. In den Bildabschnitten entdeckte Justus Menschen, Tiere und – je weiter er nach unten schaute – merkwürdige Dämonen. Die Zeichnung war kunstvoll in rotbraunen Samt eingelassen. Auch die Seitenflächen des Kästchens waren bemalt: Neben verschiedenen Tieren erkannte Justus einen Baum und eine zwischen grünen Hügeln hervorsprudelnde Wasserquelle. Der Samt fühlte sich ganz weich an. Was die Schatulle wohl Wertvolles enthielt? Vielleicht ein asiatisches Juwel? Justus drehte das Kästchen weiter. Auf seiner Vorderseite waren zwischen zwei Schnappschlössern vier Zahlenrädchen aus Holz eingelassen. Die ersten beiden zeigten – genau wie Peter berichtet hatte – kleine Abbildungen. Ein Drachen und daneben Feuerflammen. Also musste jemand an dem Schloss gedreht haben. Peter hatte irgendetwas wie ›Affe und Wasser‹ in Erinnerung gehabt. An die Symbole schlossen sich zwei weitere Rädchen an, die Ziffern zeigten. Sie standen beide auf null. Aber noch war das Kästchen unversehrt. »Morton, haben Sie versucht, es zu öffnen?«

Morton nickte. »Ich wollte natürlich wissen, ob in dem Kästchen etwas enthalten ist, das mir geholfen hätte, den Besitzer ausfindig zu machen. Denn ich kann mir nicht vorstellen, dass man so eine wertvolle Schatulle einfach wegwirft. Ich habe spaßeshalber den Drachen und passend dazu das Feuer gewählt und die Ziffern auf null gedreht.«

»Aber es hat nicht geklappt«, ergänzte Justus folgerichtig. »Haben Sie es danach mit anderen Kombinationen versucht?«

Morton schüttelte den Kopf. »Das habe ich tunlichst unterlassen. 9999 weitere Möglichkeiten, nein, das ist eher etwas für einen Rätselkopf wie dich.«

»Also nur *ein* Versuch«, murmelte Justus erleichtert. Blieben immerhin noch zwei Möglichkeiten, das Kästchen zu öffnen. Wobei dann die zweite stimmen musste. Vorsichtig drehte Justus an den Rädchen, ohne die Schnappschlösser zu berühren. Das erste Rad zeigte insgesamt 12 Tiere, die Justus leicht erkennen konnte: Maus, Kuh oder Ochse, Tiger, Hase, Drache, Schlange, Pferd, Schaf, Affe, Vogel, Hund und Schwein. Das zweite Rädchen wies nur fünf Symbole auf: Baum, Feuer, Erde, Metall, Wasser. Baum könnte für Holz stehen, dachte Justus, dann sind es die fünf Elemente. Die beiden Ziffernrollen liefen jeweils von null bis neun. »Das macht sechstausend Möglichkeiten«, murmelte er.

»Wie meinen, junger Herr?«

»Ach nichts«, sagte Justus. »Morton, haben Sie etwas dagegen, wenn wir uns um den Besitzer kümmern? Das ist ein Auftrag für die drei ???.«

Morton lächelte. »Nicht das Geringste. Wenn jemand diese Nuss knackt, dann ihr. Ich lege das Kästchen gerne in eure Hände. Zumal ich den Verdacht nicht loswerde, dass du schon mehr darüber weißt, als du sagst.«

Justus antwortete nichts, aber er strahlte. Auf ganz unerwartete Weise waren sie einen großen Schritt weitergekommen. Sie hatten das Kästchen. Nun mussten sie nur noch sein Geheimnis lüften.

Plötzlich öffnete die Frau aus dem Verkaufsraum die

Tür. Sie wirkte aufgebracht. »Morton!«, sagte sie gereizt. »Können Sie mir bitte helfen? Draußen ist so ein seltsamer Typ, mit dem ich einfach nicht klarkomme!«

Justus merkte auf. »Rubbish-George?« Er stockte. »Oder etwa …« Justus trat hinter die Frau, um einen Blick in den Verkaufsraum zu werfen. Obwohl der Mann eine dunkle Sonnenbrille aufgesetzt hatte, erkannte Justus ihn sofort: Es war der Kerl, den Peter auf seinem Videofilm aufgenommen hatte. Der Typ mit dem langen Mantel, unter dem er die Messer verborgen hatte. Das konnte kaum Gutes verheißen.

Aber auch sein Gegenüber hatte ihn entdeckt. Sekundenlang fixierte er Justus. Der Erste Detektiv konnte sich nicht von seinem Blick lösen. Es war wie ein Duell. Erst als Justus versuchte, das Kästchen unter seiner Jacke zu verbergen, kam Bewegung in den Mann. Er hob seinen alten Mantel an und mit einem sportlichen Sprung überwand er die Zwischentür. Justus wusste, dass sein Gegner ein durchtrainierter Mann war. Wenn er nicht genug Vorsprung bekam, hatte er nicht den Hauch einer Chance. »Wo ist die Hintertür?«, fragte Justus knapp.

Morton wies den Gang entlang.

»Bitte halten Sie den Herrn auf, Morton!«

»Ich tue mein Möglichstes.«

Justus nahm die Beine in die Hand. Als er die Tür aufstieß, wandte er sich kurz um und sah gerade noch, wie Morton dem Verfolger mit einer eleganten Bewegung den Inhalt seines Kaffeebechers ins Gesicht schüttete.

55

Schlagende Argumente

Von Mortons mutigem Einsatz ließ sich der Mann nicht lange aufhalten. Justus hatte keinen großen Vorsprung. Hinzu kam, dass sein Verfolger ihm körperlich überlegen war. Das Einzige, was diesen beim Rennen behinderte, war sein langer grauer Mantel.

Während Justus die Straße entlangspurtete, dachte er scharf nach. Am besten war es, möglichst direkt zu Peter und Bob zu flüchten. Zu dritt konnten sie sich aufteilen und hatten dadurch eine bessere Chance, das Kästchen zu retten.

Der Erste Detektiv hatte gerade die Hälfte des Weges zurückgelegt, da hörte er, wie das harte Klacken der metallbeschlagenen Schuhe des Messerwerfers immer näher kam. Plötzlich glaubte Justus, noch andere, weicher klingende Schritte zu hören. War da noch jemand, der ihm hinterherlief? Doch der Erste Detektiv wagte keinen Blick zurück. Wenn nicht gleich ein Wunder geschah, war es vorbei. Justus wich einer Frau mit Einkaufstaschen aus. Er hörte, wie sie ihm wütend nachschimpfte. Fast hätte er dabei das Kästchen verloren, das er mit der einen Hand umklammert hielt. Der Verfolger griff nach seiner Jacke. Justus spürte die Hand an seinem Oberarm. Drei, vier Schritte lang konnte er sie nicht abschütteln. Ein Angstschrei erstickte auf seinen Lippen. Dann riss er sich los und die Hand des Mannes glitt vom Leder der Jacke ab. Jetzt war es nicht mehr weit. Peter und Bob mussten ihn schon entdeckt haben. Justus kreuzte die kleine Nebenstraße, an welcher der Hintereingang des Kaufhauses lag. Ein Auto bremste. Gerade noch wischte Justus an ihm vorbei. Das war knapp gewesen. Er hörte einen leichten Aufprall und das Fluchen seines Verfolgers. Das schenkte ihm wieder ein paar Meter Vorsprung und gab ihm neue Kraft. Nur noch wenige Meter, dann war er bei Peter und Bob. Irgendetwas würde den drei ??? dann schon einfallen. Doch als sich Justus kurz vor dem Nebeneingang des Kaufhauses noch einmal umdrehte, war von dem Mann im Mantel plötzlich nichts mehr zu sehen. Eher erstaunt als erleichtert suchte Justus mit den Augen die Straße ab. Nichts. Spurlos verschwunden. Noch bevor sich der Erste Detektiv darüber wundern konnte, entdeckte er einen anderen Mann, der auf ihn zugerannt kam. Oder war es doch sein Verfolger, nur ohne Umhang? Statt eines grauen Mantels trug er plötzlich ein seltsames rötlich braunes Gewand. Aber dieser Mann schien größer und kräftiger zu sein. Das war nie und nimmer der Messerwerfer. Aber wer war es dann? Vielleicht gehörten die beiden Männer zusammen und hatten sich mit der Verfolgung abgewechselt?

Justus wandte sich um und glitt durch die Tür.

Peter und Bob erwarteten ihn bereits. Peter hatte seine Videokamera auf den Ersten Detektiv gerichtet. »Super Action«, kommentierte er mit einem zugekniffenen Auge. »Bei Justus dampfen die Socken!«

»Hör mit dem Quatsch auf!«, japste Justus. »Passt auf! Ich habe das Kästchen! Aber ich werde verfolgt. Verschwinden wir durch den Haupteingang!«

So gut es zwischen der Warenauslage ging, rannte er los. Peter ließ die Kamera einfach weiterlaufen und folgte ihm. Bob kam hinterher. Der neue Verfolger war ihnen dicht auf den Fersen.

Die Kunden starrten die Jungen verwundert an und es fehlte nur noch, dass sie von einem Kaufhausdetektiv aufgehalten worden wären. Aber der Sicherheitsmann am Eingangsportal sah ihnen regungslos nach. Dann waren sie wieder auf der Straße.

Doch genau wie sein Vorgänger erwies sich auch dieser Verfolger als hartnäckig. Er kam näher und näher. Immer noch hielt Justus das Kästchen umklammert. Sie jagten an den Passanten vorbei wie eine Footballmannschaft durch die gegnerischen Reihen. Da spürte Justus einen festen Griff am Arm. Gerade noch rechtzeitig warf er Peter das Kästchen zu. Obwohl der Zweite Detektiv seine Kamera im Anschlag hatte, fing er es sicher mit der anderen Hand auf und sauste los.

»Lesley!«, rief ihm Justus hinterher. Er hoffte, dass Peter und Bob es noch gehört hatten. Dann drehte er sich um und warf sich mit letzter Kraft und seinem ganzen Gewicht auf den Verfolger. Jetzt kannte Justus nur noch ein Ziel: den Kerl so lange wie möglich aufzuhalten, sodass Peter mit der Schatulle verschwinden konnte.

Die Überraschungsaktion zeigte Wirkung. Der Mann

kam aus dem Tritt und landete hart auf dem Boden. Justus ließ sich einfach auf ihn fallen. Angesichts seines Gewichts hätte das manchem Gegner den Rest gegeben, doch mit ein paar gut sitzenden Griffen hatte sich der Mann schnell wieder befreit. Ohne zu wissen, wie ihm geschah, war es Justus, der plötzlich unten lag. Der Gegner drückte ihm fast die Luft ab. Doch Peter und Bob war die Flucht gelungen!

Einige Passanten blieben neugierig stehen.

»Alles in Ordnung«, rief der Mann. »Es ist ein Ladendieb!« Justus wollte protestieren, doch der feste Griff belehrte ihn eines Besseren. Außerdem würde ihm in dieser Situation ohnehin niemand glauben.

Der Mann zog Justus hoch. Jetzt konnte der Erste Detektiv seinen neuen Verfolger zum ersten Mal richtig sehen. Er war etwas größer als Justus und hatte ein fein geschnittenes Gesicht, aus dem ihm zwei kalte Augen entgegenstarrten. »Tai Sutsi«, sagte er. Das war offenbar sein Name. »Und du bist der Räuber des Kästchens!«

»Nein, Mister! Das stimmt nicht!«

»Komm erst mal zur Seite.« Er drückte Justus aus dem Zentrum des Fußgängerwegs und die kleine Menge an Schaulustigen, die sich gebildet hatte, löste sich schnell wieder auf. Aber solange er unter Menschen war, fühlte Justus sich einigermaßen sicher. Außerdem beruhigte es ihn, dass der Mann sich ihm vorgestellt hatte. Ungewöhnlich für einen Gangster. Justus überlegte, wie er mehr herausbekommen konnte. »Waren Sie das, der den Messerwerfer aufgehalten hat?«, fragte er.

»Das geht dich nichts an!«

»Haben Sie mich vorhin angerufen?«

»Dich? Nein.«

»Was haben Sie mit mir vor?«

»Jetzt pass aber mal auf! Ich stelle die Fragen! Wir möchten einige Auskünfte. Am besten kommst du mit.«

»Nur wenn Sie mich loslassen.«

»Okay. Aber wage es nicht, abzuhauen. Das würde dir schlecht bekommen.«

An diese Art von Drohungen hatte sich Justus fast schon gewöhnt. Er beschloss, es nicht drauf ankommen zu lassen und Tai erst einmal zu folgen. Etwas anderes blieb ihm auch nicht übrig. Und bei aller Gefahr: Vielleicht kam er dadurch ein Stück weiter und konnte mehr über die Hintermänner dieses rätselhaften Spiels herausfinden.

Nachdem Tai Justus auf Waffen hin durchsucht hatte, zog der Mann ein Handy hervor und führte ein kurzes Gespräch in einer Sprache, die Justus nicht verstand. »Los!«, befahl er dann und drückte Justus in eine Nebenstraße.

Tai sprach kein einziges Wort mehr mit Justus. Nach ein paar Minuten erreichten sie den St.-Ann's-Platz. Justus zog nachdenklich an seiner Unterlippe. Hier stand der Felsenbrunnen, an dem sie das Kästchen abliefern sollten. Das konnte wohl kaum ein Zufall sein. Möglicherweise war also doch dieser Tai Sutsi der Anrufer gewesen und nicht der Messerwerfer.

Der Mann schob Justus seitwärts auf ein Hotel zu. Mit

einer Mischung aus Neugier und Angst ließ Justus es mit sich geschehen. Immer stärker hatte er das Gefühl, der Lösung des Rätsels um das kleine braune Kästchen bald einen entscheidenden Schritt näher zu kommen.

Doch er musste wachsam sein. Tai führte ihn um das Hotel herum und schob ihn in den Hinterhof, in dem sich der Lieferanteneingang des Hotels befand. Justus' Bewacher prüfte, ob die Luft rein war, und stieß ihn durch den Türspalt.

»Was soll das?«, rief Justus. Langsam verlor er seine Ruhe. »Wo wollen Sie mit mir hin?«

»Nur ein kleines Gespräch«, erwiderte Tai und schob ihn weiter.

Sie waren in einen schwach beleuchteten Gang gekommen. Justus stolperte über einen Berg von schmutzigen Handtüchern, die offenbar aus einem extra dafür vorgesehenen Schacht gefallen waren. Tai fürchtete, Justus wollte fliehen, und packte ihn so fest am Arm, dass dem Jungen der Schmerz durch die Glieder fuhr. »Lass das!«, fuhr Tai ihn an. »Du tust nur, was ich dir sage!« Die Schonzeit war offenbar vorbei.

Sie kamen an einen Aufzug. Tai betätigte die Ruftaste. Wenige Sekunden später fuhren die Lifttüren auseinander und Justus wurde unsanft in die Kabine gedrückt. Die Fahrt ging ins dritte Stockwerk. Sie stiegen aus und wandten sich nach rechts. Justus verlangsamte sein Tempo. Längst war er sich nicht mehr sicher, ob es klug gewesen war, keinen Fluchtversuch unternommen zu haben. Tai stieß ihn in die Seite. »Mach schon! Zwei, drei Griffe und du siehst Sterne!« Vor der Tür 317 blieb der Mann stehen. Ohne Justus aus den Augen zu lassen, klopfte er an. Kurze Zeit später wurde die Tür von innen geöffnet. Tai Sutsi ließ Justus den Vortritt. Der Erste Detektiv konnte nicht umhin, den Mann, der im Zimmer stand, einen Moment lang erstaunt anzustarren. Er war auf einiges gefasst gewesen, aber diesen Anblick hatte er nicht erwartet. Der Mann sah aus, wie Justus sich einen buddhistischen Mönch vorstellte. Sein langes, braungelbes Gewand war aus feinem Stoff und aus dem wettergegerbten Gesicht sah er Justus ruhig und abschätzend an.

Die Mönche aus Asien

»Du bist also der Dieb unserer Schatulle«, sagte der Mann ruhig.

»Einer von ihnen«, warf Tai ein, bevor Justus antworten konnte. »Die anderen zwei Mistkerle sind mir durch die Lappen gegangen, und mit ihnen leider auch das Kästchen. Spurlos verschwunden. Aber wenn wir diesen Burschen hier haben, werden wir die anderen auch erwischen.«

»Möchtest du dazu etwas sagen?«, fragte der Mönch. Als Justus schwieg, räusperte er sich und erklärte: »Du hast Recht. Ich sollte mich erst einmal vorstellen. Mein Name ist Gatso Vinaya. Ich bin ein Mönch und außerdem Begleiter seiner Heiligkeit, des Lama aus Kathu, der sich für einige Tage in Rocky Beach aufhält. Der Dritte unserer kleinen Gruppe ist Lama Geshe. Er ist das zurzeit größte lebende Oberhaupt der Mönche des buddhistischen Zweiges aus Kathu. Tai und ich begleiten ihn.«

»Dann sind Sie die Führer einer buddhistischen Religion?«, fragte Justus. Buddhisten gab es – soweit Justus informiert war – überwiegend in Asien, wo diese Religion ihren Ursprung hatte. Der Buddhismus, so hatte er gelernt, war eine der großen Weltreligionen und zerfiel in mehrere Einzelrichtungen. Doch ihnen allen gemeinsam war, dass die Gläubigen den Weg der Erleuchtung suchten.

»Wir führen den Kathu-Zweig an. Nachdem Lama Sun Gaya – wir nannten ihn ›Die Große Sonne‹ – gestorben ist, ist jetzt Lama Geshe unser aller Heiligkeit. Wir reisen mit ihm als Berater – und als seine Beschützer«, fügte er hinzu.

»Kathu ist ein kleines Land im Himalaja, dem höchsten Gebirge der Welt«, brachte Justus sein Wissen ein.

»Das stimmt«, sagte Vinaya. »Kleiner als Tibet und auch ein Land im ewigen Schnee. Aber nun sage mir, wer du bist.«

»Justus Jonas«, stellte sich der Erste Detektiv knapp vor. Wie viel durfte er dem buddhistischen Mönch von ihrer Geschichte erzählen, ohne einen Fehler zu begehen? Erst einmal musste er etwas zurechtrücken. »Meine Freunde und ich haben die Schatulle nicht gestohlen! Zumindest nicht absichtlich. Ich kann nicht abstreiten, dass sie in unserem Besitz war oder vielleicht auch noch ist. Sie fiel uns zufällig in die Hände.«

Vinaya sah ihn an. »Ich möchte es von vorneherein sagen: Für euch ist der Inhalt vollkommen bedeutungslos. Doch für uns stellt er etwas sehr Großes dar. Wir müssen die Schatulle bekommen. Noch heute Abend.«

»Sie gehört also Ihnen?«

Der Mönch nickte. »Sie ist Eigentum des Lama. Und ihr habt euren Anteil daran, dass sie ihm entwendet wurde. Auch wenn es ein noch so kleiner Anteil sein mag.«

Justus überlegte. Wenn das wirklich so war, sollten die Leute aus Kathu ihr Eigentum zurückbekommen. Aber

Justus blieb skeptisch. Konnte er dem Mönch einfach so glauben? Er musste erst mehr erfahren. Außerdem stand Peter unter dem Zwang, die Box bis 18 Uhr an diesen geheimnisvollen Anrufer abzuliefern. Sonst war er in großer Gefahr. Davon erzählte er diesem Gatso Vinaya besser vorerst nichts. Er musste die Situation offen halten. »Wenn Sie mich wieder laufen lassen, werde ich alles tun, damit die Sache aufgeklärt wird«, versprach er Vinaya mehrdeutig.

Der Mönch atmete langsam aus. »Lass mich darüber nachdenken.«

Tai sagte etwas in seiner Sprache. Es klang wütend und Vinaya antwortete ihm auf Englisch, sodass es Justus verstehen konnte: »Zai! Dieser Junge soll die Chance bekommen, seinen Fehler wiedergutzumachen. Er wird mir das Kästchen wiederbringen. Da bin ich sicher!«

Tai machtc eine wegwerfende Handbewegung und wandte sich wütend ab.

»Du musst Tai Sutsi entschuldigen«, sagte Vinaya. »Vielleicht war er etwas zu grob zu dir. Aber seine Heiligkeit, unser Lama und religiöses Oberhaupt, wird bedroht. Ohne unsere eigene Polizei können wir nicht reisen und wir verhalten uns sehr vorsichtig. Tai Sutsi ist absolut vertrauenswürdig. Er ist unser bester Mann – und er ist ein guter Mönch. Deswegen hat ihn der Lama zu sich geholt. Aber nun erzähle mir bitte die ganze Geschichte. Wie seid ihr an die Schatulle gekommen? Und vor allem: Wo befindet sie sich?«

»Viel gibt es da gar nicht zu sagen.« Justus berichtete,

dass Peter die Schatulle in der Fabrikhalle gefunden hatte und seitdem von einem Mann mit Messern verfolgt worden war. Bei dieser Passage nickte Vinaya Tai bedeutungsvoll zu. »Also Chuck«, murmelte er, »der Agent.«

Chuck. Das war also der Name des Messerwerfers. Die beiden Mönche kannten ihn. Justus redete unbeirrt weiter, als hätte er den Namen nicht gehört: »Diese alte Fabrikhalle war ganz bestimmt nicht der beabsichtigte Aufbewahrungsort für eine so wertvolle Sache!«, schloss er und sah Vinaya herausfordernd an. »Die Box muss also schon vorher gestohlen worden sein!«

Der Mönch nickte bedachtsam. »Deine Annahme ist richtig. Die Schatulle wurde bereits vorher entwendet. Hier im Hotel! Und zu allem Unglück direkt vor meinen Augen.«

Justus sah erstaunt auf. »Wenn der Diebstahl wirklich unter Ihren Augen geschah, dann müssen Sie doch wissen, wer der Täter war!«

Vinaya lächelte. »Ja und nein. Manchmal spielt sich etwas vor deinen Augen ab und du siehst es nicht.« Er schwieg geheimnisvoll und trat auf das Fenster zu, unter dessen Sims eine kleine Kommode stand. Auf ihr hatten die Mönche ein samtenes, rötliches Tuch ausgebreitet. So sah sie aus wie ein kleiner Altar, auf dem sich allerdings nichts befand. »Dort lag das Kästchen«, sagte Vinaya. »Es wartete auf seine große Stunde. Aber dann passierte das Unfassbare. Tai war in der Stadt unterwegs und überprüfte einige Örtlichkeiten auf ihre Sicherheit hin. Ich übernahm die Wache. Der Lama bewohnt das

Nebenzimmer.« Vinaya deutete auf eine Verbindungstür, die Justus bereits aufgefallen war. Sie stand einen Spalt offen. »Seine Heiligkeit meditierte dort heute Morgen, wie er es jeden Morgen tut. Nach der langen, zweistündigen Meditation trinkt er regelmäßig eine Flasche klares Wasser. Ich bestellte sie. Der Kellner kam und brachte das Wasser. Es stand auf einem Tablett. Ich grüßte den Mann freundlich, beachtete ihn aber nicht weiter und nahm ihm das Wasser ab. Dann wandte ich mich um und öffnete die Flasche. Ich trank einen Schluck. Du musst wissen: Aus Sicherheitsgründen probieren Tai oder ich jedes Getränk, das der Lama bekommen soll. Wir kosten es vor. Schon einmal wollte man den Lama vergiften. Der Kellner zog sich zurück. So weit war alles in Ordnung.« Er machte eine Pause und suchte nach Worten. »Dann – nach vielleicht zwei, drei Minuten – klopfte es erneut. Ich öffnete und dort stand ein Kellner. Mit Tablett. Und einer Flasche Wasser.«

»Ich verstehe«, unterbrach ihn Justus. »Der erste Kellner war falsch. Er hat sich dazwischengemogelt, bevor der richtige Kellner kam. Er hat damit gerechnet, dass Sie ihn nicht weiter beachten würden. Als Sie sich abwandten, hat er die Schatulle schnell unter seine Jacke gesteckt und ist verschwunden. Ein ganz einfacher Trick. Sehr wirkungsvoll, wenn auch nicht ohne Risiko: Der Täter hatte nur wenig Zeit, bis der richtige Kellner anklopfte, und er musste seine Nerven gut im Griff haben.«

Gatso Vinaya sah ihn erstaunt an. »Man muss sich ja direkt vor dir in Acht nehmen, so schnell denkst du mit!«

Justus lächelte. In Gedanken war er schon wieder einen Schritt weiter. »Mr Vinaya, Sie erwähnten eben einen gewissen Chuck. Könnte er der verkleidete Kellner gewesen sein?«

»Chuck ist ein Mann mit tausend Gesichtern«, sagte Vinaya nachdenklich. »Aber da ich ihn noch nie von Angesicht zu Angesicht gesehen habe, hätte er nicht einmal eine Tarnung gebraucht.«

Plötzlich spürte Justus, wie sich die Atmosphäre im Raum veränderte. Eine Spannung, aber keine unangenehme, erfüllte die Luft. Justus drehte sich um und sah, dass die Verbindungstür zum Nebenraum inzwischen ganz offen stand. Er blickte in das ruhige Gesicht des Lama, der in der Tür auf ihn wartete.

Die Vision

»Ist das der Junge?«, fragte er und winkte Justus mit der Hand näher.

Wie magisch angezogen trat Justus zu ihm. »Ja, Mister, äh, Sir … Eure Heiligkeit …«

»Komm herein, ich möchte dich um etwas bitten.«

Tai wurde unruhig. »Soll ich nicht lieber mitgehen? Wir kennen den Jungen nicht.« Er ging zwei Schritte vor und wollte Justus am Arm packen, doch Vinaya zog ihn zurück. Dann hielt Vinaya inne und wandte sich an Lama Geshe. »Oder möchten Sie, dass Tai hinzukommt? Oder vielleicht ich?«

Lama Geshe lächelte und schüttelte den Kopf. »Das ist nicht notwendig.« Er trat zur Seite und Justus konnte hinein. Er betrat einen warmen, abgedunkelten Raum.

»Ich habe mich ausgeruht«, sagte der Lama. Er ging ans Fenster und zog die Vorhänge auf. Das fahle Licht des Tages fiel herein. Es stürmte stärker als zuvor. Lama Geshe blieb einen Moment am Fenster stehen und blickte nach draußen. »Ich dachte, in Kalifornien scheint immer die Sonne«, sagte er und drehte sich lächelnd zu Justus um. Jetzt sah Justus, dass er sehr alt war. »Das mit der Sonne ist ein Klischee, genauso wie es ein Klischee ist, dass alle buddhistischen Mönche friedlich sind«, antwortete Justus.

Der Lama verstand sofort. »Du sprichst von Tali«, sagte er. »Er schützt mich. Manchmal muss man sich wehren.«

Justus beließ es dabei und ließ seine Augen durch das große, aber nicht üppig ausgestattete Hotelzimmer wandern.

Die Mönche hatten ein paar Reliquien mitgebracht, die sie an bestimmten Stellen des Zimmers aufgestellt hatten. Justus entdeckte einen muschelartigen Gegenstand und trat näher.

»Ein Muschelhorn«, sagte der Lama. »Berühre es vorsichtig. Wir verwenden es für Zeremonien.«

Justus' Blick schweifte weiter durch den Raum und blieb an einer kleinen silbernen Schachtel hängen.

»Dies nennen wir Chorten. Die Symbole auf dem kleinen Kästchen wehren böse Geister ab. Die Asche des Großen Lama ist darin enthalten.«

Justus schluckte. »Die Asche?«

Der Lama schmunzelte. »Für uns ist das etwas ganz Alltägliches. Der Tod gehört zum Rad des Seins dazu. Vor der Asche Verstorbener haben wir keine Angst. Denn ihre Seele und ihre Energie werden wiedergeboren und leben weiter. Aber warte, ich habe noch etwas vergessen.«

Lama Geshe trat an eine Kommode und hob einen Seidenschal auf. Dann schritt er auf Justus zu und legte ihm den Schal um. »Dieser Schal nennt sich Khata. Damit begrüßen wir unsere Gäste. Nun bist du willkommen, nun bist du mein Gast.« Unwillkürlich verneigte sich Justus.

Plötzlich peitschte eine Windböe den Regen gegen die Scheiben des Fensters. Der Lama blickte nach draußen. »Schon in Kathu hatte ich eine Vision«, sagte er. »Aus dem Himmel zuckten Blitze. Ein Geheimnis wurde gestohlen. Es hieß, ich würde einen Verlust erleiden und eine bittere Wahrheit erfahren. Ich reiste her und wusste: Unsere Religion ist in großer Gefahr.«

»Sie haben den Diebstahl vorausgesehen?«, fragte Justus erstaunt.

»So kann man es deuten.«

»Aber nicht ganz genau.«

»Wie meinst du das?«

»Nun, dass Ihr Heiligtum ausgerechnet gestohlen wurde, während Sie meditierten, das haben Sie nicht gewusst.«

Der Lama schüttelte den Kopf. »So klar sind Visionen leider nicht. Nein, das nenne ich einen bösen Zufall. Ich ahnte nicht, dass mich kurz vor dem Ende meiner Meditation Vinaya mit dieser Schreckensbotschaft so unsanft ins Hier und Jetzt zurückholen würde. Aber ich mache niemandem einen Vorwurf. Vinaya saß die ganze Zeit über allein im Nebenzimmer. Denn Tai … war ja weg.«

»Wo steckte Ihr Beschützer denn?«

»Er sollte das buddhistische Zentrum überprüfen. Heute Abend bin ich dort zu Gast.«

Doch Justus’ Wissensdurst war noch längst nicht gestillt. »Wie läuft das ab, so eine Meditation? Sind Sie da ganz alleine? Und was tun Sie die lange Zeit? Denken?«

»Nun, das sind eine Menge Fragen. Wenn ich meditiere, konzentriere ich mich ganz auf einen Gegenstand oder auf einen Gedanken. Nach und nach verschwindet die Flut von ablenkenden Ängsten und Ideen. Meine Sinne verlieren den Kontakt zur direkten Umgebung. Es ist, als wäre der Raum nicht mehr da.«

»Und wie finden Sie wieder zurück? Ich meine, wie erwachen Sie wieder aus der Meditation?«

»Wenn man das so lange ausübt wie ich, dann kann man sich während der Meditation lenken. Ich bestimme, wo ich hinfahre und wann ich wieder aussteige.« Er räusperte sich und fügte mit einem Seufzer hinzu: »Aber so sinnvoll Meditationen auch sein mögen: Das Kästchen bringen sie mir nicht zurück.«

»Wir würden Ihnen die Schatulle ja liebend gerne geben. Wenn wir dann unsere Ruhe hätten. Ich weiß nicht, was Mr Vinaya Ihnen erzählt hat. Aber ich versichere Ihnen: Wir haben mit dem eigentlichen Diebstahl in Ihrem Hotel nichts zu tun. Mein Freund Peter hat die Box in einer alten Fabrikhalle gefunden, und seitdem werden wir verfolgt. Ich wüsste wirklich gerne, in was für eine Geschichte wir da hineingeraten sind. Aber noch viel lieber hätte ich einen Hinweis, wie wir mit heiler Haut wieder herauskommen.« Justus holte Luft. Sein Tonfall war gemäßigt geblieben. Eigentlich hatte er sehr viel wütender reagieren wollen, doch die Anwesenheit des weisen Mannes besänftigte und beruhigte ihn.

»Vielleicht hilft es dir, wenn ich dir sage, dass mehrere Menschen hinter der Schatulle her sind«, sagte der Lama ruhig. »Aus Eigennutz und aus Machtgelüsten. Aber setzen wir uns doch.« Er wies auf eine Sitzecke mit roten Sesseln.

Justus nahm das Angebot an.

»Wie heißt du?«, fragte Lama Geshe. Er rückte sich einen Stuhl zurecht.

»Justus Jonas. Ich wohne hier in Rocky Beach. Eigentlich ging es um einen Film, den wir für eine Schul-AG drehen wollten. Als mein Freund Peter den Aufnahmeort in Augenschein nehmen wollte, entdeckte er zufällig die Schatulle.«

Lama Geshe nahm zwei Gläser und blickte fragend auf.

Justus nickte. »Wasser? Gerne. Danke, aber das kann ich mir doch selbst einschenken!«

»Du bist mein Gast«, sagte der Lama und reichte ihm ein gefülltes Glas. »Vielleicht ist es sogar gut, dass dein Freund die Schatulle an sich genommen hat. Möglicherweise hat er sie dadurch gerettet.«

»Ich hoffe, Peter besitzt sie überhaupt noch. Dann würden wir …« Er stockte. Zu gerne wollte er Lama Geshe versprechen, ihm die Schatulle wieder zurückzugeben. Doch das konnte er nicht. Peter musste es entscheiden. Peter blieb wahrscheinlich nur die Wahl, die Box um 18 Uhr an den verabredeten Ort zu stellen. Peters Leben ging vor, auch wenn die Sache des Religionsführers noch so wichtig sein mochte. Sie würden das Kästchen an den Brunnen stellen. Und dann mussten sie beobachten, wer es abholte, und die Verfolgung aufnehmen. So konnte es vielleicht doch noch klappen.

Der Mönch hatte Justus genau beobachtet. »Du hast mir noch nicht alles erzählt«, sagte er. »Wenn ich dir helfen kann, will ich es gerne tun.«

Justus wand sich. Hatte es Sinn, den Lama in seinen Konflikt einzuweihen? So sympathisch ihm der alte Mönch war, Justus beschloss, dem Gespräch eine andere Richtung zu geben. Vielleicht konnte er dadurch noch an weitere Informationen kommen. Hatte der Mönch im Vorzimmer nicht behauptet, der Inhalt der Schatulle sei für Außenstehende wertlos? »Ich vermute, in der Schatulle befindet sich weder Geld noch Gold oder Schmuck«, versuchte es Justus. »Es muss etwas anderes sein. Etwas viel Wichtigeres.«

»Du hast einen scharfen Verstand«, antwortete Lama Geshe schmunzelnd und schwieg.

»Sie sagten vorhin, Ihre Religion sei in Gefahr.«

Der Lama nickte.

»Wenn Sie mir nicht verraten, worum es geht, kann ich Ihnen nicht helfen.«

»Es ist ganz einfach«, sagte Lama Geshe. »Bring mir das Kästchen zurück. Solange du nicht weißt, was die Schatulle enthält, ist ihr Inhalt bedeutungslos für dich, auch wenn er für uns ein großer Schatz sein mag. Warum soll ich dich der Versuchung aussetzen?«

»Sie trauen mir noch nicht ganz. Um was geht es?«

Der Lama sah ihn an. »Doch, ich denke, ich kann dir trauen. Auch wenn du mir noch nicht alles verraten hast.«

»Was ist in der Schatulle drin?«, bohrte Justus unverdrossen weiter. »Eine Botschaft? Eine Information?«

»Du kannst sehr hartnäckig sein, Justus.« Seine Augen blitzten auf, als er an Justus' Reaktion merkte, dass er das nicht zum ersten Mal hörte. Doch dann wurde sein Blick ruhiger. »Ich möchte dir etwas erzählen«, sagte er einige Atemzüge später. »Es ist ein Gedicht. Höre:

Was geboren wird, muss sterben,
Was du gesammelt hast, ist schon verstreut,
Und Angehäuftes schnell verbraucht,
Was mühsam errichtet, wird zusammenstürzen,
Und was du aufziehst, wird wieder erniedrigt.«

Er schloss und machte eine Pause. »Es ist ein Wort von Buddha. Lama Sun Gaya, mein großer Lehrer und bis zu seinem Tod das Oberhaupt des Kathuschen Buddhismus, hat es mir anlässlich meiner Einweihungszeremonie geschenkt. Das ist lange her.«

»Inwiefern geschenkt?«, fragte Justus nach, um den Lama am Erzählen zu halten.

»Diese Einweihung ist ein sehr bedeutendes Fest. Es werden viele Zeremonien abgehalten. So schrieb mir jeder meiner Lehrer ein Wort auf ein Blatt Papier. Diese Zettel waren nur für meine Augen bestimmt und sollten mich bei meiner neuen Aufgabe begleiten. Ich las sie und warf sie anschließend in das große Feuer, das zu der Feier angezündet worden war. So ist die Zeremonie zumindest bei uns in Kathu.«

Justus nickte. Er hatte das Gefühl, Lama Geshe verriet ihm gerade ein Geheimnis, doch der Lama sprach so einfach und normal, als würden sich zwei Freunde unterhalten.

»Das Gedicht sagt, dass alles vergeht«, sagte Justus.

»So kann man es deuten. Aber es sagt auch, dass sich alles verändert und wiederkehrt. Du kannst es ebenso umgekehrt verstehen.« Er lachte. »Aber wir sind hier nicht in einem buddhistischen Lehrgespräch. Ich denke, du willst zu deinen Freunden zurück. Ich möchte den Dingen ihren Lauf lassen. Entscheide alles so, wie du es für richtig hältst.« Er wollte schon aufstehen, da fiel ihm noch etwas ein. »Ich bitte dich nur um eines: Wenn ihr die Schatulle findet, so versucht nicht, sie zu öffnen. Nicht allein wegen des Geheimnisses. Lama Sun Gaya hat sie ...«

»Sie stammt von Lama Sun Gaya, dem verstorbenen Oberhaupt?«, rief Justus erstaunt aus.

Der Lama nickte. »Sagte ich das noch nicht? Sun Gaya hat sie mir kurz vor seinem Tod geschickt.«

»Aber ich habe Sie unterbrochen, Eure Heiligkeit«, entschuldigte sich Justus. »Sie wollten mich bestimmt darüber informieren, dass die Schatulle gesichert ist. Man hat uns bereits gewarnt: Beim dritten Fehlversuch zerstört sich das Kästchen selbst.«

»Ein Schutzmechanismus, ja. Damit kein Unheil geschieht. Wurde denn schon versucht, das Kästchen zu öffnen?«

»Zumindest einmal wurde der Code zu diesem Zwecke verstellt. Vielleicht hat es inzwischen noch jemand probiert.«

»Dann muss die Kombination beim dritten Mal stimmen«, sagte Lama Geshe. »Und ich hoffe, dass ich es bin, der den entscheidenden Versuch unternehmen darf.«

Der Lama sah Justus an und der Erste Detektiv spürte auch ohne weitere Worte, dass er soeben den Auftrag bekommen hatte, die Schatulle wiederzufinden. Er nickte. »Können Sie mir wenigstens sagen, wann Sie das Kästchen benötigen?«

»In dem Moment, in dem die Sonne untergeht«, antwortete Lama Geshe. »Heute.« Er griff in sein Gewand und zog vorsichtig eine kleine rote Schnur heraus. »Ein Tsongdü«, sagte der Lama. »Ich schenke es dir. Es wird dir Glück bringen.« Er gab Justus die Schnur und stand langsam auf. Das Gespräch war beendet.

»Sie haben mir noch nicht alles verraten«, beharrte Justus.

»Ich habe dir mehr gesagt, als du zu wissen glaubst«, antwortete der Lama. »In meiner Vision gab es übrigens einen klugen Jungen, der mir half.«

Justus erhob sich und steckte verwirrt die kleine rote Schnur in die Tasche. Sie schritten gemeinsam zur Tür. Justus hielt inne, bevor er sie öffnete. »Ihre Vision, Heiligkeit Lama, wie ging sie zu Ende?«

»Am Ende stand ein Regenbogen«, sagte Lama Geshe und sah Justus an. Dann lächelte er und ließ ihn gehen.

Besuch bei Lesley

Der Erste Detektiv verabschiedete sich auch von den anderen Mönchen, dann verließ er das Hotelappartement. Nun musste er Peter und Bob möglichst schnell wiedertreffen. Das Gespräch mit Vinaya und erst recht jenes mit dem Lama hatten die Hinweise gegeben, auf die Justus die ganze Zeit über gehofft hatte. Vermutlich hatte Chuck die Schatulle gestohlen und wollte sie später in der alten Fabrikhalle an irgendeine dubiose Gestalt weitergeben oder verkaufen. Als ›Agent‹ hatten die Mönche Chuck bezeichnet. Das ließ viele Interpretationen zu. Alles drehte sich um ein Geheimnis, das diese buddhistischen Mönche betraf. Justus wurde das Gefühl nicht los, dass ihm Lama Geshe mehr Fingerzeige gegeben hatte, als er bisher erkannt hatte. Er beschloss, das Gespräch mit dem Lama in Gedanken noch einmal genau durchzugehen, sobald er wieder bei Peter und Bob war.

Hoffentlich hatten die beiden seinen Hinweis mitbekommen, als Tai ihn erwischt hatte. Justus hatte geistesgegenwärtig ›Lesley!‹ gerufen. Lesley Dimple war eine Buchhändlerin bei Booksmith. Besonders Bob hatte einen guten Draht zu ihr. Aber auch Justus konnte sie gut leiden. Es war immer Verlass auf sie. Justus war auf Lesley gekommen, weil er annahm, dass ihre Detektivzentrale beobachtet wurde und er sich blitzschnell einen anderen

Treffpunkt einfallen lassen musste, mit einem Stichwort, das nur die drei ??? kannten. Inzwischen sah Justus noch einen anderen Vorteil seines Einfalls: In der Buchhandlung würden sie weitere Hinweise zu dem rätselhaften Fall bekommen. Denn Booksmith war mit seinen Büchern eine wahre Fundgrube für neugierige Menschen.

Doch während Justus im Fahrstuhl nach unten fuhr, kam er noch auf einen anderen Gedanken. Warum sollte er nicht die Gelegenheit nutzen und ein wenig nach dem verkleideten Kellner fahnden, der die Schatulle gestohlen hatte? Es lag auf der Hand, dass er der große Unbekannte war, der sich in der Fabrik mit dem gefährlichen Messerwerfer namens Chuck verabredet hatte.

Als Justus im Erdgeschoss angekommen war, suchte er die Rezeption auf. Ein Mann saß hinter der Theke und blickte auf. »Bitte?«

Justus nickte ihm zur Begrüßung zu. »Sie haben von dem Diebstahl in Zimmer 317 gehört?«

Der Portier lehnte sich zurück. »Natürlich. Aber was hast du damit zu tun?«

»Nichts«, beruhigte ihn Justus. »Die Mönche aus Kathu haben es mir erzählt. Ich habe sie gerade besucht. Der Täter hatte sich wohl als Kellner verkleidet.«

»Er hat unsere Dienstkleidung benutzt – eine Unverschämtheit, ja! Immerhin sind die Kleider inzwischen wieder aufgetaucht. Im Abfallschacht, unten auf dem Hof.«

»Dann hat sie der Dieb auf der Flucht dort weggeworfen?«, hakte Justus nach.

»Sieht so aus. Vom Hof aus kommt man ungesehen auf die Straße. Dabei hat der Kerl dann auch noch ein Fahrrad mitgenommen.«

»Und Ihnen ist dieser falsche Kellner nicht aufgefallen?«

»Nein. Aber auf dem Weg zum Hof muss man auch nicht an der Rezeption vorbei. Der Dieb hat vermutlich vom dritten Stockwerk aus den Aufzug ins Untergeschoss genommen.«

Justus kannte den Weg. Tai hatte ihn über diesen Hintereingang ins Hotel gebracht. Er holte Luft für die nächste Frage, doch der Portier kam ihm zuvor: »So, das reicht jetzt! Warum willst du das eigentlich so genau wissen? Ich habe Herrn Tai bereits alles haarklein berichtet. Er kann dir alle weiteren Auskünfte geben.«

»Ja, ja. Danke.« Justus wandte sich zum Gehen, drehte sich aber noch einmal um. »Hat Herr Tai bei der Polizei Anzeige erstattet?«

»Auch das kannst du von ihm erfahren.«

Mürrisch trat Justus den Rückzug an. Er hätte gerne noch mehr herausbekommen. Obwohl sich dieser Tai bereits um alles gekümmert zu haben schien. Aber das war ja auch seine Aufgabe. Andererseits: Wo hatte sich Tai während der Zeit des Diebstahls herumgetrieben? War ihm wirklich zu trauen?

Justus blickte die Straße entlang, überlegte kurz und sprang dann in einen Bus, der ihn zur Buchhandlung brachte.

Als Justus den Buchladen betrat, stand ein Mann mit dem Rücken zur Eingangstür und studierte die Regalwand mit den seltenen alten Büchern. Sonst war niemand im Laden, weder Lesley noch Peter oder Bob.

Der Mann drehte sich kurz um und Justus zuckte unwillkürlich zusammen. Ein Asiat. Na und? Asiaten gab es in Amerika sehr viele. Litt er schon unter Verfolgungswahn?

In dem Moment steckte Lesley ihren braun gelockten Kopf durch eine Schiebetür, um zu sehen, wer den Laden betreten hatte.

Als sie Justus entdeckte, lächelte sie. Sie winkte ihn herbei, dann wandte sie sich an den Mann: »Mr Zhang, wenn Sie Hilfe brauchen, sagen Sie Bescheid, ja?«

»Aber ja, Mrs Dimple. Sehr freundlich! Vielen Dank.« Mr Zhang blickte kurz auf und kümmerte sich wieder um die Bücher im Regal.

Justus schlüpfte durch die Tür und betrat den Packraum. Zwischen Paketen, Schnüren und Klebeband saßen Bob und Peter auf dem Packtisch und kauten in Seelenruhe auf zwei Wurstbrötchen herum. Die Videokamera hatte Peter neben sich gelegt. Von dem Kästchen war keine Spur zu sehen.

»Hi, Just!«, mümmelte der Zweite Detektiv, als ob das Auftauchen von Justus das Natürlichste auf der Welt wäre. »Für dich ist auch noch ein Sandwich übrig. Sogar ein besonders großes …«

Bob reichte ihm das belegte Brötchen. »Hat Lesley besorgt. Erzähl schon, wie ist es dir ergangen?«

»Danke der Nachfrage. Aber Sorgen habt ihr euch wohl keine gemacht!«

»Was sollten wir tun? Nachdem dich dieser Typ erwischt hat, wollten wir die Verfolgung aufnehmen. Im Stich lassen würden wir dich nie, auch wenn wir wissen, dass du deinen Kopf gut alleine aus der Schlinge ziehen kannst! Nur leider bekamen wir etwas Ärger mit einem gewissen messerwerfenden Überraschungsgast«, sagte Peter.

»Wie aus dem Nichts tauchte plötzlich dieser Typ auf«, warf Bob kauend ein.

»Er wollte uns das mühsam ergatterte Kästchen wieder abnehmen«, fuhr Peter fort. »Aber so leicht sind wir nicht auszutricksen! Fast hätte er mich zwar erwischt, doch da habe ich die Schachtel schnell Bob zugeworfen.«

»Das hatte leider zur Folge, dass mir der Kerl nachrannte, und ich warf die Kiste zurück zu Peter«, grinste Bob.

»Und ich habe dann den Bus nach Los Angeles entdeckt«, sagte Peter triumphierend. »Ich konnte gerade noch reinspringen. Der Messerwerfer schaffte es nicht mehr. Mann, muss der sauer gewesen sein! Ich fuhr ein Stück weit aus der Stadt raus und nahm einen anderen Bus zurück nach Rocky Beach. Lange bin ich noch nicht hier.«

»Ich kam zuerst an«, erklärte Bob und lächelte Lesley an. »Booksmith als Treffpunkt anzugeben war eine gute Idee von dir, Justus! Lesley hat uns nicht nur mit Brötchen verwöhnt, sie hat auch noch die Colavorräte ihres Chefs freigegeben.«

Lesley blinzelte ihm zu. »Solange ihr nicht die ganze Kiste leer trinkt.«

»Wo ist eigentlich die Schatulle?«, fragte Justus.

Schmunzelnd hob Peter eines der Postpakete hoch, die Lesley gepackt hatte. »Hier drin. Heute Abend Punkt 18 Uhr gebe ich die Schachtel am vereinbarten Treff-punkt ab und dann bin ich alle Sorgen los!«

»Als Päckchen getarnt – nicht schlecht«, staunte Justus. »Klebt nur nicht die falsche Adresse drauf!«

Bob wischte sich die Hände an der Serviette ab. »Stimmt. Wir dürfen die Pakete nicht verwechseln. Aber nun erzähl *du* endlich mal, Just!«

Vor Lesley brauchten sie keine Geheimnisse zu haben und Justus berichtete in Kurzform, wie er zu Lama Geshe gelangt war.

Die Buchhändlerin unterbrach ihn beeindruckt. »Du bist ihm also begegnet, Justus? Toll! Ich habe vom Besuch des Lama in der Zeitung gelesen. Die Reise der Mönche klang sehr geheimnisvoll.« Sie legte die Stirn in Falten. »Mr Zhang, der Kunde draußen, weiß vielleicht Nähe-res«, sagte sie. »Soll ich ihn zu uns holen?«

Justus war von ihrer Idee nicht begeistert. »Danke, Lesley. Aber wir können niemandem trauen.«

»Ihr braucht ihm ja nicht genau zu sagen, worum es geht«, meinte Lesley. »Nutzt die Gelegenheit! Er kauft viele Bücher über Buddhismus. Er ist Religionsforscher, glaube ich, und stammt aus Peking. Seit Jahren wohnt er hier in Rocky Beach und ist ein angesehener Kunde bei uns. Was soll er mit eurem Messerwerfer zu tun haben?«

Justus sah ein, dass sein Misstrauen nicht begründet war. »Also gut«, gab er mit einem Seitenblick auf Peter und Bob nach, »aber nur, wenn ich das Gespräch führe. Sonst verplappert sich noch einer.«

Peter und Bob sahen sich an. »Es würde wirklich an ein Weltwunder grenzen, wenn Justus uns mal was zutrauen würde«, murmelte Peter.

Lesley verschwand im Laden und Justus sah durch den Türspalt, wie sie ein paar Worte mit Mr Zhang wechselte. Er legte sein Buch zur Seite und warf einen Blick zur Durchgangstür. Justus zog schnell den Kopf zurück.

Wiedergeburt

Eine Minute später betrat Mr Zhang den Packraum. Er war ein vornehm gekleideter, etwa fünfzigjähriger Herr. Zögernd schaute er sich um. »Ah, das sind also Ihre Freunde, die sich für den Buddhismus interessieren?« Lächelnd trat er näher.

Justus beobachtete ihn genau. Mr Zhang war freundlich, aber konnte man ihm wirklich trauen? Zögernd übernahm der Erste Detektiv das Wort. »Ja, Mr Zhang, wir sind Freunde von Lesley Dimple. Hier ist Peter … Bob … und ich bin Justus. Mr Zhang, wir nehmen in der Schule gerade den Buddhismus durch und Mrs Dimple erzählte uns, dass zurzeit ein großer Lama in Rocky Beach weilt.«

»Oh, ja!«, sagte Mr Zhang und lächelte. »Ihr habt euch eben über ihn unterhalten, nicht wahr?«

Lesley rückte ihm einen Stuhl zurecht und wischte schnell mit der Hand den Staub weg. Mr Zhang setzte sich. »Sehr liebenswürdig, Mrs Dimple.« Dann wandte er sich Justus zu. »Ja, es handelt sich um Lama Geshe, einen großen Religionsführer aus Kathu. Mir wurde einmal die große Ehre zuteil, länger mit ihm zu sprechen. Aber wenn es deine Absicht ist, ihn zu treffen, um ihn … äh … für deine Schularbeiten aus erster Hand zu befragen, so muss ich dich enttäuschen. Er empfängt niemanden.«

»Warum?«, fragte Justus, obwohl er den Grund bereits ahnte.

»Nun, in erster Linie wohl aus Vorsicht. Ein paar Verschwörer sind Lama Geshe nicht sehr wohlgesonnen. Mit Unterstützung aus dem Ausland wollen sie ihn entmachten und das religiöse System in Kathu stürzen. Ähnlich wie im Nachbarland Tibet. Mit der religiösen Führung ist nämlich auch die Regierung des Landes verbunden.«

»Dann ist das Leben des Lama in Gefahr?«, fragte Bob dazwischen.

Mr Zhang lächelte dünn und blickte den Dritten Detektiv eindringlich an: »Natürlich. Im Augenblick ist Lama Geshe an einem sehr heiklen Punkt angelangt. Alle Macht ruht auf ihm. Das kann sich in wenigen Stunden allerdings schon wieder ändern.«

»Mir sagt das alles nichts«, warf Peter ungeduldig ein. »Erst hat er die Macht. Dann wieder nicht.«

Mr Zhang zuckte kurz zusammen. Offenbar empfand er Peters Einwurf als unhöflich. Doch er antwortete freundlich: »Der Lama hält sich in Rocky Beach auf, um in gewisser Weise eine Nachfolge zu regeln.«

»Seine Nachfolge?«, fragte Bob. »Ist er denn krank?«

»Nicht seine Nachfolge. *Eine* Nachfolge. Vor wenigen Wochen ist das eigentliche Oberhaupt der Buddhisten aus Kathu gestorben: der Große Lama, genannt Sun Gaya. Nach seinem Tod ging die Macht vorübergehend über auf Lama Geshe, eben jenen Lama, der dieser Tage in Rocky Beach ist. Er hat nun das Sagen in den Klöstern und in dem Land Kathu. Am besten, du stellst es dir vor wie eine Übergangsregierung. Doch auch Lama Geshe ist sehr alt. Wenn nicht bald die Wiedergeburt des Sun Gaya gefunden wird, ist die Existenz des Buddhismus in Kathu bedroht.«

Peter runzelte die Stirn. Ihm kam das alles immer seltsamer vor. »Die Wiedergeburt?«

»Sehr weit seid ihr in der Schule mit dem Buddhismus wohl noch nicht gekommen?«, erwiderte Mr Zhang. Es klang eher wie eine Feststellung als wie eine Frage.

Zum ersten Mal meinte Justus auch einen Ton von Ironie in Zhangs Stimme zu hören. »Ich denke, das war an dem Tag, als du krank warst, Peter«, warf er schnell ein. »Da haben wir das alles durchgenommen. Im Buddhismus glaubt man an die Wiedergeburt der Lebewesen. Du stirbst, aber deine Seele wird in einem anderen Körper wiedergeboren. So lange, bis du auf dem Weg der Weisheit an das Ziel gekommen bist. Es bedeutet: Wenn du den Weg der Erleuchtung gehst, wirst du auf einer immer höheren Stufe wiedergeboren, bis du endlich die Stufe der vollkommenen Erleuchtung erlangt hast. Diese Wissenden haben ihr Ziel erreicht. Trotzdem können auch sie wiedergeboren werden, dann nämlich, wenn sie den anderen Lebewesen als Lehrer den Weg weisen möchten. Sie tun dies aus ihrem Mitgefühl heraus. Das sind dann die Lamas. Insofern wird auch Sun Gaya, der verstorbene Große Lama, wiedergeboren werden, um sein Volk weiter zu führen.«

Während Peter und Bob angesichts der Unterrichtung

genervt eine Grimasse zogen, nickte Mr Zhang zufrieden mit dem Kopf. »Du kennst dich gut aus, Justus«, sagte er anerkennend. »Etwas habt ihr in der Schule also doch gelernt. So ungefähr verhält es sich. Und deswegen ist Lama Geshe hier. Der Große Lama Sun Gaya ist gestorben und es geht darum, seine Wiedergeburt zu finden. Normalerweise gehen dazu einige Gelehrte nach den Weissagungen eines Orakels auf die Suche und finden das Kind, das diese Wiedergeburt verkörpert. Doch der Kathusche Buddhismus kennt eine Besonderheit: Der Große Lama erklärt kurz vor seinem Tod selbst, in welcher Familie er wiedergeboren werden wird. Seine Voraussage muss zu einer bestimmten Zeit an einem bestimmten Ort der Welt in einer bestimmten Zeremonie offenbart und verkündet werden. Nur so steht sein weiteres Leben unter einem guten Stern. Unter einem guten *Kharma,* wie die Buddhisten sagen. Die Astrologen unter den Mönchen rechnen Ort und Zeit genau aus. Dann kann die Zeremonie stattfinden.« Mit immer heißeren Ohren hatte Justus die letzten Sätze verfolgt. Was Mr Zhang berichtete, fügte sich wunderbar ein in das, was Lama Geshe angedeutet und was er, Justus, vermutet hatte. »Die Mönche aus Kathu haben Rocky Beach errechnet!«, folgerte Justus. »Heute Abend. Bei Sonnenuntergang. Die Zeremonie soll hier in unserer Stadt stattfinden!«

Mr Zhang schwieg, dann sagte er schnell: »Ich glaube, ich habe viel zu viel erzählt.« Er lachte auf. »Vorne im Laden steht sogar ein Buch, in dem das alles ganz genau beschrieben ist. Es heißt ›Die Geschichte des Buddhismus in Kathu‹.« Lesley stand auf, um das Buch zu holen.

Doch Justus wollte noch mehr von Mr Zhang wissen. Er stieß Peter in die Seite. »Sag mal, hast du den Zettel noch? Den, den wir gefunden haben?«

»Äh, ja, den Zettel ...« Peter wühlte in seiner Hosentasche. »Hier, sehen Sie mal, Mr Zhang.«

Der Chinese nahm den Zettel. Es war das Papier, das an dem Kästchen gehangen hatte, welches die drei ??? seit einigen Stunden so auf Trab hielt.

Als Mr Zhang das Schriftstück auseinander faltete, fingen seine Hände an zu zittern. »Wo habt ihr das her?«, fragte er.

Justus überlegte kurz. Eine Notlüge war in ihrer Situation bestimmt vertretbar. »Er lag auf dem St.-Ann's-Platz. Direkt vor dem Hotel. Jemand muss es dort verloren haben.«

»In dem Hotel logiert Lama Geshe«, sagte Mr Zhang nachdenklich.

Justus konnte seine Neugier kaum noch im Zaum halten. »Was bedeuten die Worte?«, fragte er. »Sie können das doch bestimmt übersetzen?«

»Das ist in der Sprache von Kathu geschrieben.« Mr Zhang suchte nach den richtigen Formulierungen. Dann sagte er zögernd: »*Was geboren wird, wird sterben, – was man zusammensucht, wird verstreut, – was man anhäuft, wird verbraucht, – was mühsam errichtet wird, wird in sich zusammenstürzen, – und was man großzieht, wird erniedrigt.* Es ist ein Wort von Buddha.«

Justus schluckte. Das kannte er. Zumindest sinngemäß. Wenn auch etwas anders übersetzt. Warum hatte ihm Lama Geshe genau dieses Buddhawort zitiert? Der Erste Detektiv spürte, dass das kein Zufall sein konnte. Doch wie war der logische Zusammenhang?

In dem Moment trat Lesley wieder herein. Sie hatte ein Buch in der Hand. Es war ›Die Geschichte des Buddhismus in Kathu‹.

»So ist der Kundenservice bei Booksmith!«, sagte sie lächelnd. Sie gab das Buch Mr Zhang, der sogleich darin zu blättern begann. »Ein wunderbares Buch«, murmelte er und fügte mit Stolz hinzu: »Dieses Kapitel über die Anfänge des Buddhismus in Kathu habe ich verfasst.« Er blätterte weiter. »Da findet ihr ein Kapitel über die verschiedenen buddhistischen Strömungen und hier wird die für Kathu gültige alte Zeitrechnung erklärt ... Und dort sind ein paar historische Abbildungen ...« Sein Finger fuhr über die Seite. »Der Große Lama Sun Gaya als Kind, kurz nachdem er von einem hochrangigen Mönch als legitime Wiedergeburt gefunden wurde.« Er blätterte weiter. »Auch das ist ein interessantes Foto!«

Justus beugte sich über das Buch. Das Bild zeigte Lama Geshe bei der Feier zu seiner Einweihung als Lama. ›Kathu, Hauptstadt von Kathu, 1986. Der Höhepunkt der Feier‹, las Justus. »Die Jahresangabe entspricht unserer Zeitrechnung«, kommentierte Mr Zhang, als ob er Justus' Gedanken gefolgt wäre. »Die Mönche aus Kathu haben ihre eigene Jahreszählung, die der tibetischen entspricht. Auch darüber findest du ein Kapitel in diesem Buch.«

Justus nickte und deutete auf eine Person im Hintergrund des Bildes. »Ist das Sun Gaya?«

»Ja, das ist er«, sagte der Chinese und Ehrfurcht schwang in seiner Stimme mit. »Die Große Sonne. Er hat Lama Geshe gerade seinen persönlichen Begleitspruch übergeben. Nun, das mit dem Begleitspruch kennst du vielleicht noch nicht. Bei der Einweihungszeremonie erhält der neue Lama von jedem hochrangigen Religionsführer einen Spruch, der ihn durch das Leben leiten soll. Im Christentum gibt es ja ähnliche Rituale.«

Justus starrte vor sich hin. Wo war der Zusammenhang? Er bearbeitete seine Unterlippe. »Lama Geshe ist ein kluger Mann«, sagte er plötzlich.

»Ja«, bestätigte Mr Zhang. »Alle diese buddhistischen Religionsführer sind sehr weise und erfahrene Menschen. Da mir die Ehre zuteil wurde, einige von ihnen zu treffen, kann ich das aus erster Hand sagen.«

Das hatte Justus nicht gemeint, doch dazu schwieg er lieber. »Mr Zhang, wir sind Ihnen sehr zu Dank verpflichtet«, sagte er stattdessen.

Überrascht zog der Chinese die Augenbrauen hoch. »Reicht das schon? Aber ich habe doch bisher kaum etwas gesagt. Die ganze Geschichte des Buddhismus, seine Philosophie …«

»Wenn Sie erlauben, würden wir uns bei Gelegenheit sehr gerne wieder an Sie wenden«, sagte Justus diplomatisch. »Vielleicht lesen wir erst einmal dieses Buch, bevor wir Ihre Auskünfte wieder in Anspruch nehmen.«

»Ganz wie ihr möchtet.« Mr Zhang stand auf. Ein Lächeln umspielte seinen Mund. »Ich muss sowieso gehen. Meine Studenten warten. Ihr findet mich in der Nähe von Rocky Beach. Hier ist meine Visitenkarte. Meldet euch, wenn ihr für ... die Schule ... mehr wissen müsst.« Mit einem schwer deutbaren Lächeln überreichte er Justus seine Karte.

Peter wartete, bis die Ladentür zugefallen war, dann sagte er sofort: »Du hast ihn ja fast rausgeschmissen, Justus! Diesen netten Mann! Dabei hätte ich Mr Zhang noch die Stelle aus dem Video vorspielen können, auf der dieser chinesische Wortwechsel ist! Oder hast du Zhang plötzlich nicht mehr getraut?«

Doch Justus kam nicht dazu, eine Erklärung abzugeben. Wieder ging die Ladentür. Am harten Klacken der Schuhabsätze erkannten die drei ??? den Besucher sofort.

Drei Katzen im Sack

Lesley warf einen Blick durch den Spalt der Schiebetür. »Das ist ja ein ... merkwürdiger Typ«, sagte sie verwundert. »Ich kann mir nicht vorstellen, dass der hier ein Buch kaufen will.«

»Lasst uns hier schnell verschwinden, Kollegen«, zischte Justus. »Darf ich das mitnehmen?«, wandte er sich an Lesley und deutete auf die ›Geschichte von Kathu‹.

Lesley nickte.

Justus klemmte sich das Buch unter den Arm und starrte die Buchpäckchen an, die Lesley gepackt hatte. Welches war das mit der Schatulle? Justus hörte die Schritte des Besuchers. Der Messerwerfer kam näher. Kurz entschlossen griff sich der Erste Detektiv das einzige Päckchen ohne Adressaufkleber.

Er sah aus dem Augenwinkel, wie von außen langsam die Schiebetür aufgezogen wurde. Nun wurde es Zeit.

Lesley, die direkt neben der Tür stand, wich zurück. »Der Hinterausgang«, flüsterte sie.

Justus nickte und machte auf dem Absatz kehrt. Nervös hielt ihm Peter die Hoftür auf. Dann drückte sich Bob an Peter vorbei.

Lesley drehte sich um und erstarrte. Der Kerl im langen Mantel ließ ein Messer blitzen. Ein eiskalter Blick traf Lesley. Dann kniff der Mann die Augen zusammen und zielte. Lesley hielt den Atem an. Nur knapp zischte das Messer an ihr vorbei. Mit einem scharfen ›Klock‹ blieb es zitternd in der Hinterhoftür stecken. Sie war gerade noch rechtzeitig zugefallen.

Der Messerwerfer stieß einen verärgerten Ruf aus. Mit einem kräftigen Fußtritt gegen einen der Stühle machte er sich den Weg frei und rannte an Lesley vorbei auf den Hof.

Justus atmete möglichst flach und lautlos. Vor Angst fühlte er sich wie gelähmt. Mit einem kurzen Blick zu Peter und Bob signalisierte er seinen Freunden, dass ihnen der Messerwerfer dicht auf den Fersen war. So gut es ging, drückten sich die drei ??? an die Außenwand des kleinen Lagerhauses, in dem Mr Smith, der Besitzer des Buchladens, Prospekte und Bücher aufbewahrte. Es hatte wieder zu regnen begonnen. Dicke Tropfen platschten auf die schon aufgeweichte Pappe, die Mr Smith neben der Eingangstür gestapelt hatte und die ihnen die dringend nötige Deckung bot.

Justus wünschte sich nur eines: Der Messerwerfer sollte möglichst schnell hinaus auf die Straße laufen und den Altpapierstapel nicht weiter beachten.

Doch so einfach war ihr Verfolger nicht auszutricksen. Das Klacken seiner Absätze wanderte durch den Hof. Offenbar hatte der Mann vor, nach Verstecken zu suchen. Als Erstes kümmerte er sich um die Mülltonne, die er mit einem scharrenden Geräusch zur Seite schob. Justus hörte, wie der Deckel aufgemacht wurde und kurz darauf wieder zuschlug. Wenige Augenblicke später tauchte der Mann plötzlich ganz in der Nähe auf, direkt an der Tür zum Lagerraum. Er prüfte eilig, ob sie verschlossen war.

Wenn er jetzt den Blick nach links wendet, hat er uns, schoss es Justus durch den Kopf. Er wagte nicht mehr zu atmen. Doch nachdem der Mann kräftig an der Tür gerüttelt hatte, drehte er sich um und ging. Er verschwand einfach durch die Einfahrt, als hätte er die Suche aufgegeben. Offenbar hatte bei ihm der Gedanke Oberhand gewonnen, dass sich die drei Jungs für die Flucht auf die Straße entschieden hatten.

Darauf hatte Justus eigentlich gleich spekuliert. Er schob seinen Kopf ein Stück nach vorne und konnte erkennen, wie der Messerwerfer an der Straße innehielt und sich nach rechts davonmachte. Dann war er aus ihrem Blickfeld verschwunden.

»Puh«, sagte Justus und streckte seine Beine, die bereits angefangen hatten zu kribbeln. »Das war knapp.«

Bob schob einen labberigen Karton zur Seite und stand auf.

Nur Peter bewegte sich nicht von der Stelle. »Zählen wir lieber noch bis hundert«, schlug er vor. »Sicher ist sicher.«

Justus nickte und sah auf die Uhr. Als der Mann nach drei Minuten immer noch nicht zurückgekommen war, wagten sich die Detektive vorsichtig nach draußen. Sie durchquerten die Einfahrt und warfen einen prüfenden Blick auf die Straße. Von dem drahtigen Mann im Regenmantel war nichts zu sehen. »Verdrücken wir uns«, schlug Justus vor. Sie liefen ein paar Schritte weiter und blieben vor einem CD-Laden stehen.

»Und was jetzt?«, fragte Peter. »Hier können wir nicht bleiben. Der Kerl kann jeden Moment wieder auftauchen!«

Justus blickte auf die Uhr. Es ging auf sechzehn Uhr zu. »Wo können wir bloß die nächsten zwei Stunden verbringen? In der Zentrale?«

»Da findet uns der Typ sofort«, spekulierte Peter. »Wir könnten bei der Autovermietung vorbeischauen, aber vermutlich wird der Messerwerfer dort versuchen, unsere Spur aufzunehmen.«

Bob nickte. »Aber ewig durch die Stadt laufen sollten wir auch nicht. Der Mann kann doch mit seinem Motorrad ganz schnell die Straßen abfahren. So groß ist Rocky Beach nicht.«

»Außerdem brauche ich dringend ein paar Minuten, um mich in Ruhe mit Kathu zu beschäftigen«, erklärte Justus und hielt das Buch hoch, das er sich von Lesley ausgeliehen hatte. »Zur Not gehen wir in irgendein Café und ihr haltet Wache.«

»Wir werden hier fast von einem Messerwerfer aufgespießt und du denkst nur an Bücher?«, fuhr Peter auf. »Na gut, vielleicht kannst du ja nachlesen, als was ich wiedergeboren werde, wenn ich den Tag nicht überlebe!«

»Als Angsthase.« Justus hustete. »Entschuldigung, das war nicht sehr passend.« Er sah prüfend in alle Richtungen. »Nein, Peter, ich habe eine Idee.«

»An der du uns wieder einmal nicht teilhaben lassen willst«, beschwerte sich Peter.

»Ich bin mir nicht sicher. Ich will mich nicht blamieren.«

»Das soll der Grund sein? Ich glaube, du willst mal wieder das große Genie sein! Aber nicht auf meine Kosten. Schließlich ist es mein Leben, das bedroht ist.«

»Hört doch auf zu streiten!«, fuhr Bob dazwischen. »So kommen wir nicht weiter. Also: Wohin verschwinden wir? In eines der Strandcafés? Gehen wir linksrum, das ist der kürzeste Weg …« Plötzlich stockte er und fasste Peter am Arm. »Oh nein! Der Messerwerfer! Er hat uns aufgelauert!« Jetzt sahen die anderen ihn auch. Als er bemerkte, dass die drei ??? ihn gesehen hatten, rannte er los. Wie Anfänger waren sie ihm in die Falle gegangen. Doch über sich selbst ärgern konnten sich die Detektive später immer noch.

»Gebt Gas!«, rief Justus.

Die drei Jungen rannten um ihr Leben. Noch hatten sie genug Vorsprung. Die Passanten wichen aus und sahen ihnen verärgert nach.

Glotzt nicht so blöde! Helft uns doch!, schoss es Justus durch den Kopf. Doch niemand tat etwas. Stattdessen rempelte ihn ein Mann an, sodass Justus fast das Päckchen verlor, das er in der einen Hand hielt. Mit der anderen hatte er das Buch über Kathu umklammert. Justus war ohnehin nicht der Schnellste, aber durch diese Handicaps war er noch langsamer. Er sah, dass Peter und Bob ihm schon ein ganzes Stück voraus waren, und wollte gerade einen Hilferuf loslassen, als plötzlich neben ihm die Bremsen eines Autos quietschten. Ein nagelneuer roter Ford stoppte. Jemand beugte sich über den Beifahrersitz und stieß die Seitentür auf. Unwillkürlich wich Justus zurück. Erst nach einer Schrecksekunde erkannte er, wer da neben ihm gehalten hatte. »Skinny Norris, du Mistkerl!«, stieß er hervor.

»Steig ein, Dicker«, rief ihm Skinny fröhlich aus dem Inneren des Wagens entgegen.

Justus blickte zurück. Der Messerwerfer umkurvte einen Werbeaufsteller und griff dabei zielsicher in seinen Mantel. Noch wenige Schritte und er war da. Eines war Justus klar: Skinny Norris hasste er zwar noch mehr als den Zahnarzt, doch es war tausendmal besser, zu ihm ins Auto zu steigen, als von den Wurfgeschossen dieses Messerwerfers aufgespießt zu werden. Kurz entschlossen nahm der Erste Detektiv Skinnys Einladung an.

Es war in letzter Sekunde. Kaum hatte Justus die Tür zugezogen, als der Messerwerfer auch schon da war. Wütend zerrte er an der Beifahrertür und versuchte sie wieder aufzureißen. Doch es gelang ihm nicht.

Grinsend nahm Skinny Norris die Hand von der Innenverriegelung und gab Gas.

Justus atmete durch und drehte sich um. Er sah, wie der Verfolger mit dem Messer in der Hand kleiner und kleiner wurde – ein Bild, das ihm außerordentlich gut tat. Dann entdeckte er Peter und Bob, die inzwischen stehen geblieben waren und sich suchend umsahen.

»Anhalten, Skinny! Da vorne stehen Bob und Peter!«

»Ganz wie Justus Jonas wünschen!« Skinny Norris hatte die beiden Detektive ebenfalls gesehen und bremste direkt neben ihnen. Er gab die Türen frei, sodass sich Peter und Bob auf die Rückbank zwängen konnten. »Einsteigen, die Herren!« Skinny lachte dreckig und drückte das Gaspedal durch. »Drei Katzen im Sack. Die supertollen Fragezeichen befinden sich wohl mal wieder in der Klemme?«

»Halt die Klappe, Skinny«, schnaubte Peter und legte den Gurt an. So langsam erholte er sich von der Überraschung. »Was willst du überhaupt von uns? Normalerweise würdest du uns doch lieber tausendmal ersaufen lassen als uns zu retten!« Skinny Norris antwortete nicht. Peter starrte ihn feindselig an. Skinn war ein wenig älter als die drei ??? und hatte die drei Jungen im Laufe der letzten Jahre mehr als genug geärgert. Ja, für Skinny schien es geradezu ein Sport zu sein, den Detektiven in die Quere zu kommen. Nicht minder gerne kümmerte er sich um sein Outfit, auf das er aus unerfindlichen Gründen mächtig stolz war. Auch heute trug er ein teures Hemd, doch selbst das protzige Firmenetikett konnte nicht davon ablenken, dass Skinny ein unsympathischer Typ war. Peter fand, Skinny sah aus wie eine Krähe, besonders, wenn man ihm in die Augen sah. Und er war sich sicher: Skinnys Auftauchen konnte nichts Gutes bedeuten.

Wie zur Bestätigung dieser Ahnung erklärte Skinny unvermittelt, dass jeder Fluchtversuch sinnlos sei. »Meine Kindersicherung hinten funktioniert. Passt für euch

Bubis! Und Onkel Justus möchte euch bestimmt nicht alleine lassen ...«

»Was soll das!«, brauste Justus auf. »Wir finden es ja riesig nett von dir, dass du uns geholfen hast, und wir bedanken uns auch in aller Form dafür. Aber jetzt lass uns raus, am besten an der nächsten Ecke!«

Skinny machte keine Anstalten zu bremsen und bog in eine andere Straße ab. »Wir fahren noch ein wenig durch die Gegend. Nur zu eurer Sicherheit«, kommentierte er süßlich. »Bei Skinny Norris seid ihr in den besten Händen.«

»Und wo willst du hin?«, fragte Peter.

»Dahin, wo uns niemand stört.«

Gefangen in Little Rampart

Peter sah auf die Uhr. Kurz nach halb fünf. Sie waren zwar dem Messerwerfer entkommen, doch jetzt drohte Skinny, den Termin um 18 Uhr zu kippen. Es war wie verhext. »Wie lange willst du uns durch die Gegend fahren?«, fragte Peter vorsichtig. »Um sechs habe ich einen wichtigen Termin.«

»Jetzt nicht mehr«, erklärte Skinny und riskierte ein gewagtes Überholmanöver.

»Was du mit uns machst, ist nichts anderes als eine Entführung!«, bemerkte Justus entrüstet.

Skinny lachte. »Ich würde es eher als Rettung bezeichnen. Aber im Worteverdrehen warst du ja schon immer groß!«

»Skinny, wir sind zu dritt und du bist allein!« Justus fand es an der Zeit, Skinny auf diese Tatsache hinzuweisen.

Doch Skinny ließ sich nicht abschrecken. »Nun mach dir mal nicht gleich in die Hosen, Dicker«, konterte er. »Mit etwas Glück habt ihr trotzdem eine Chance!« Skinny entdeckte einen Fußgänger, der verbotenerweise die Straße überquerte, und drückte aufs Gas. Nur mit einem gewagten Sprung konnte sich der Mann retten.

Justus sah Skinny Norris kopfschüttelnd an. »Ich weiß nicht, was die größere Katastrophe ist: mit dir Auto zu fahren oder mit dir zu diskutieren.« Er klappte das Buch über Kathu auf und fing an darin zu lesen. »Und drossele ein bisschen das Tempo, sonst wird mir schlecht!«

Unbeeindruckt raste Skinny weiter.

Peter schwieg und starrte aus dem Seitenfenster. Skinnys Fahrt schien ziellos. Nach einer Weile bogen sie wieder auf die Straße ein, in der die Buchhandlung lag. Doch dann drehte Skinny plötzlich entschlossen ins Zentrum ab. Er steuerte an der Autovermietung vorbei, sodass Peter einen kurzen Blick auf Bobs VW erhaschen konnte, der immer noch im Hof parkte.

Skinny Norris bog erneut ab.

»Little Rampart«, murmelte Justus und blätterte in seinem Buch. »Klar, dass du da wohnst, wo der Mist sich stapelt.«

»Und das sagt mir jemand, der auf einem Schrottplatz haust«, entgegnete Skinny mit gespielter Entrüstung. Der Wind trieb ihnen eine Pappkiste entgegen und Skinny fuhr sie platt. Vor einem großen Mietshaus ließ er den Wagen ausrollen. »Ich gebe euch nur das, was ihr verdient!« Skinny stellte den Motor ab. »So, Schluss mit der Lektüre, Justus! Das verstehst du doch sowieso nicht!«

Der Erste Detektiv klappte folgsam sein Buch zu. »Ich bin auch bereits fertig«, sagte er ruhig.

»Was liest du da überhaupt?«

»Ein Buch über den Buddhismus in Kathu. Der Buddhismus ist eine der großen Weltreligionen und Kathu liegt bei Tibet. Falls dir das alles nichts sagt.«

»Aha«, sagte Skinny. »Danke für die Erläuterung.«

Justus grinste und antwortete ironisch: »Aber bitte. Ich tue mein Bestes, um dein Wissen aufzubessern. Auch wenn du ein Fass ohne Boden bist. Aber jetzt erkläre mir mal, was du von uns eigentlich willst!«

»Ein Superdetektiv wie du müsste das doch längst wissen!«

»Natürlich. Mir kannst du doch nichts vormachen. Ich möchte es nur von dir selbst hören.«

»Ich lasse dir gerne den Vortritt.«

Justus räusperte sich. »Das immerhin tust du selten genug. Gut, wie du möchtest: Du fährst einen teuren neuen Wagen, Skinny«, begann er. »Du bist zwar ein elender Angeber, aber ganz ohne Geld kriegst selbst du das nicht hin. Wahrscheinlich hast du einen neuen Job.« Justus deutete auf den Boden des Beifahrersitzes, wo seine Füße zwischen allerhand Gegenständen kaum Platz gefunden hatten. »Eine Fernsehkamera. Ein Aufnahmegerät. Skinny, ich schätze, du bist einer dieser Sensationsreporter geworden, die ständig hinter einer heißen Story her sind, um sie für möglichst viel Geld an einen der Kabelsender zu verkaufen. Und nun hast du uns entdeckt. Auf der Flucht. Du hast gemerkt, dass wir mitten in einem Fall stecken, und bist ganz einfach scharf auf die Geschichte, damit du sie deinen Sendern anbieten kannst!« Justus machte eine Kunstpause. »Wahrscheinlich sollen wir dir jetzt alles berichten. Aber da kannst du lange warten.«

Einen Moment lang schwieg Skinny beeindruckt.

»Okay, okay«, sagte er dann. »Schön, dass du gleich zur Sache kommst. Ich habe euch aus der Patsche geholfen und nun erzählt mir, was los ist. Wer war dieser Gruseltyp, vor dem ich euch gerettet habe? Warum wirft der mitten in Rocky Beach mit Messern um sich? Es geht doch um das Päckchen, das ihr mit euch rumschleppt! Los, raus mit der Sprache: Was ist da drin? Geklaute Juwelen?«

»Banknoten«, sagte Justus trocken. »Von einem Überfall.«

Bob und Peter konnten sich ein Grinsen nicht verkneifen.

Skinny lächelte unsicher. »Na, dann zeig sie mir doch!«

»Nein«, verbesserte sich Justus, »es ist der Geheimcode der Bank von England. Entschuldigung. Ganz anders: Es ist eine Bombe.«

»Justus, du Blödmann!« Nun war sich Skinny sicher, dass der Erste Detektiv ihn auf den Arm nahm. »Dann eben anders!« Er schaltete die Zündung seines Wagens an und drückte mehrmals auf die Hupe. Plötzlich bevölkerte sich die Straße. Es waren Jugendliche, die in Little Rampart wohnten und die die Straßen von Little Rampart beherrschten. Erst erschienen drei, dann vier, schnell waren es ein ganzes Dutzend. Das war es also, warum Skinny so rotzfrech aufgetreten war. Er erhoffte sich Unterstützung! Wahrscheinlich hatte er mit seinen Freunden schon das eine oder andere Ding gedreht. Bob kannte einige von den Jungs. Es waren die Los Ramones, die einzige, aber gefürchtete Straßenbande von Rocky Beach.

Sie scharten sich um das Auto und zogen die Türen auf. Die drei ??? mussten wohl oder übel aussteigen.

»Hallo, Freunde«, rief Skinny, der ebenfalls den Wagen verlassen hatte. »Nehmt den drei Plattfüßen mal das Päckchen ab!«

»Seit wann hast du was zu melden?«, schlug es ihm entgegen. »Du meinst wohl, weil du uns ins Fernsehen gebracht hast, bist du hier Mister Obercool?« Ein Junge im gelben T-Shirt war vorgetreten. Er schien der Anführer zu sein. Lässig stemmte er seine Hände in die Hüften.

Erschrocken trat Skinny einen Schritt zurück. »Aber … wollt ihr mir nicht helfen? Die drei da sind ganz elende Detektive! Ihr könnt doch nicht …«

Der Junge im gelben T-Shirt lachte und schüttelte seine Rastalocken. »Skinny! Mit dem Fernsehbericht, den du über uns gedreht hast, hast du verdammt gut abkassiert. Wir haben für deinen Film die Deppen gespielt und schwer auf den Putz gehauen. Aber wir haben nicht einen müden Dollar gesehen. Du fängst bei null an, Skinny. Wir überlegen es uns gut, auf welcher Seite wir stehen.«

Ein anderer aus der Gruppe nickte zustimmend, zeigte auf Bob und rief: »Den da kenne ich. Der ist ganz okay!«

»Siehst du, Skinny«, sagte der Anführer. »Es steht fifty-fifty. Also, was geht hier ab?«

Skinny Norris reagierte blitzschnell. Er trat auf Justus zu und riss ihm das Päckchen aus der Hand. »Das haben sie mir gestohlen«, rief er und begann das Papier aufzureißen.

Die drei ??? blickten Skinny entsetzt an. Doch sie wagten nicht einzugreifen. Nach wenigen Sekunden kam das kleine rotbraune Kästchen zum Vorschein. Skinny drehte es verwundert in den Händen.

»Es gehört uns«, rief Justus endlich. »Skinny, gib es sofort wieder her!« Er stürzte sich auf seinen Erzfeind.

Doch der Anführer der Straßenbande war schnell. Er sprang dazwischen, schnappte sich das Kästchen und hielt es triumphierend in die Höhe. »Halt!«

Den drei ??? stockte der Atem.

Der Anführer blickte Skinny und Justus an. »Bleibt doch cool, Jungs. Wir werden schon sehen, was mit dem Schächtelchen los ist! Hm ... ein Zahlenschloss! Mit merkwürdigen Zeichnungen!« Er lachte auf und winkte seine Leute näher zu sich. »Das ist doch babyeinfach: So ein Zahlenschloss geht nur bei der richtigen Nummer auf. Und wer von den beiden die Kombination knackt, dem gehört es. Ist doch klar! Und der soll sich die Kiste meinetwegen unter den Arm klemmen und verduften!« Grinsend blickte er in die Runde. »Ein cooler Spaß! Der Dicke gegen Skinny! Wer wird es packen? Wetten werden angenommen. Ich setze ... einen Dollar auf den Dicken!«

Sofort erhob sich ein Stimmgewirr. Die Jungs der Bande gaben ihre Favoriten an. Die Tipps auf Skinny und Justus hielten sich in etwa die Waage.

»Aber das ist noch nicht alles«, verkündete der Anführer, nachdem er sich die Wetten notiert hatte. »Damit es ein wenig prickelnder wird, gibt es für die, die richtig getippt haben, den Superpreis! Hinten im Hof steht ein Kickboxring. Unser kleines Trainingsgelände!« Er lächelte dünn. Seine Jungs sahen ihn erwartungsvoll an. »Wer von euch richtig gesetzt hat, darf sich prügeln! Und zwar mit dem, der uns hier reinlegen wollte! Volle Kanne, alle gegen einen! Und die andern feuern an! Das wird ein Mega-Spaß!«

Es erhob sich ein zustimmendes Geheule. Der Kreis schloss sich enger um die vier Jungen.

Peter, Bob und Justus schluckten. Sie fragten sich, was wohl passieren würde, wenn keiner der beiden das Kästchen aufbekam. Aber auch Skinny Norris war plötzlich sehr blass geworden.

Schlimme Aussichten

In Sekundenschnelle ordnete Justus noch einmal alle Fakten. Beim dritten Fehlversuch explodierte das Kästchen, so viel wusste er. Morton hatte es bereits einmal probiert. Ein Versuch war also noch frei. Vorausgesetzt, niemand anderes hatte sich an dem Schloss versucht. Danach musste es endgültig klappen. Sollte er das Risiko eingehen? Oder war es besser, die Aktion zu stören und die Flucht zu wagen? Das alles war doch Wahnsinn. Wenn sie das Kästchen verlieren würden, hätte Peter ein großes Problem: Die Übergabe um 18 Uhr wäre endgültig geplatzt!

Justus blickte in die Runde. Durch den engen Kreis der Jungen war kaum ein Durchkommen. An Flucht zu denken war aussichtslos. Gegen die Los Ramones hatten sie einfach keine Chance.

Die Blicke von Justus und Skinny kreuzten sich. In Skinnys Augen entdeckte Justus so etwas wie Panik. Aber auch Skinny schien in dem Moment gespürt zu haben, dass Justus unsicher war. Er reagierte schnell: »Ich probiere zuerst!«, rief der Erzfeind der drei ??? in die gespannte Stille hinein. »Drei Versuche.« Offenbar sah er im Zufall seine einzige Chance.

»Okay.« Der Anführer nickte Justus zu. »Was meinst du, Dicker?«

»Ich … ich wollte eigentlich auch anfangen …«, murmelte Justus. Es fiel ihm schwer, die Nerven zu behalten. Zu gerne hätte Justus Skinny den letzten Versuch überlassen und selbst den zweiten gewagt. Dass Skinny per Zufall die richtige Kombination einstellen würde, war nahezu ausgeschlossen. Und wenn Skinny begann, musste Justus den brenzligen dritten Versuch unternehmen. Falls er die falsche Kombination wählte, explodierte das Kästchen. Wahrscheinlich war das für ihn zwar nicht gefährlich, denn vermutlich würde die Explosion vor allem das Kästchen selbst und seinen Inhalt zerstören. Doch ganz sicher konnte sich Justus nicht sein. Es war besser, wenn er sich als Erster um die Bilder und Zahlen kümmern würde: Dann hatte Justus wenigstens nicht das explodierende Kästchen in den Händen. »Ich möchte beginnen!«, betonte Justus noch einmal.

Der Anführer schüttelte den Kopf.

Justus wand sich. Er saß in der Falle. Er spielte noch einmal alle Möglichkeiten durch und plötzlich war er sich sicher. »Okay, ich bin mit Skinnys Vorschlag einverstanden«, lenkte er ein. »Aber ich bestehe darauf, dass jeder von uns wirklich nur einen einzigen Versuch hat! Entweder man weiß die Kombination oder man weiß sie nicht!«

»Umso spannender! Jeder nur einen Versuch. So machen wir es!« Der Anführer schritt auf Skinny Norris zu und drückte ihm das Kästchen in die Hand. »Skinny fängt an.«

Justus zog Bob am Ärmel und flüsterte ihm etwas ins Ohr. Bob nickte verwundert und schob sich möglichst unauffällig ein paar Schritte weiter, bis er direkt hinter Skinny Norris zum Stehen kam.

»Los geht's!«, forderte der Anführer Skinny auf. »Die Show beginnt! Zeig uns, dass du uns nicht bescheißen wolltest. Wir wollen sehen, was in der Kiste ist!«

Skinny Norris lächelte verlegen. »Ich ... ich bin so aufgeregt«, stotterte er. »Hoffentlich verwechsle ich nicht die Ziffern.«

»Du hast nur einen Versuch«, erinnerte ihn der Anführer. »Also stell verdammt noch mal die richtige Kombination ein!«

Die drei ??? starrten auf Skinny Norris. Alle starrten auf Skinny Norris. Er schwitzte wie ein Käse in der prallen Sonne. Es war offensichtlich, dass er von der Lösung keinen blassen Schimmer hatte.

»Willst du nicht besser gleich gegen uns in den Ring steigen?«, fragte der Anführer scheinheilig.

Skinny Norris druckste hilflos herum und wartete auf eine Eingebung.

Mit zittrigen Fingern versuchte er sich am ersten Rädchen.

»Er hat *Affe* eingestellt«, sagte der Anführer laut, der ihm über die Schulter sah. »Das passt.«

Skinny hatte jetzt kein Ohr für die freche Bemerkung und probierte das nächste Rädchen.

»*Baum.*«

Die Spannung stieg. Keiner ließ auch nur einen Mucks verlauten.

»*Sieben* ... und ... *neun.*«

Skinny legte das Kästchen vor sich auf den Boden, um die beiden Schnappschlösser zu betätigen. Unwillkürlich trat Justus einen Schritt zurück. Die Jungs von Los Ramones blickten auf Skinnys Hände. Skinny sah kurz auf, dann drückte er mit einer plötzlichen Bewegung auf die Knöpfe an den Schlössern.

Nichts geschah.

»Ich … muss etwas verwechselt haben«, rief Skinny mit ungewöhnlich hoher Stimme. »Das Kästchen gehört mir! Glaubt mir doch!«

Ein lautes Gemurmel erhob sich und ein paar Jungen drängelten sich dicht an Skinny heran. Der Anführer hob beruhigend die Hand. »Skinny, das sieht übel für dich aus«, sagte er. »Schätze, heute Abend kannst du deine blauen Flecken zählen!«

»Zähle lieber die Stellen, die dann noch weiß geblieben sind«, höhnte jemand aus der Runde.

Justus nahm sich ein Herz und ergriff das Wort. »Damit ist die Sache wohl klar! Das Kästchen gehört uns! Denn eine andere Möglichkeit bleibt nicht. Lasst uns bitte gehen!«

Es war einen Versuch wert. Doch so schnell gab sich Skinny nicht geschlagen. »Justus soll es ausprobieren«, sagte er. Sein Gesicht gewann wieder an Farbe. »Ich wette, dass auch er es nicht schafft, das Schloss zu knacken!«

Der Anführer hob das Kästchen auf und schritt würdevoll auf Justus zu. »Natürlich, Skinny«, sagte er. »Die Show lassen wir uns nicht nehmen! Wenn der Dicke ebenfalls scheitert, gibt's doppelten Spaß!«

Äußerlich gelassen nahm Justus die Schatulle entgegen. Ihm war klar, dass der nächste Versuch der dritte und der entscheidende war. Es musste klappen, wenn er das Kästchen und Peter retten wollte. Und letztlich auch sich selbst.

Peter und Bob war das Herz in die Hose gerutscht. Justus' Chancen standen knapp 1 : 6000. Wenn er danebengriff, würde sich das Kästchen selbst zerstören – und schlimmer noch als die dann unvermeidliche Prügelei mit den Los Ramones war, dass Peter die Schatulle nicht wie versprochen abliefern konnte.

Trotz der Angst erinnerte sich Bob daran, was Justus ihm zugeflüstert hatte. Er drückte sich dicht hinter Skinny Norris. Mit fester Stimme bat der Erste Detektiv die Zuschauer, einen Schritt zurückzutreten. Bob und Peter ahnten, warum. Der dritte Versuch: Explosionsgefahr.

»Ihr werdet enttäuscht sein, das Kästchen ist leer!«, verkündete Justus plötzlich fast beiläufig. »Ich weiß nicht, was Skinny vermutet, aber so schön, wie es ist, es handelt sich nur um ein altes Erinnerungsstück.«

Peter und Bob sahen sich an. Warum erzählte Justus das alles? Um Zeit zu gewinnen? Es klang so, als führte er irgendetwas im Schilde.

»Red keine Romane und fang endlich an«, befahl der Anführer. Seine Bande wurde langsam ungeduldig.

Justus nickte folgsam, nahm das Kästchen und stellte nachdenklich das erste Symbol ein. Es war der *Tiger*. Als ihm der Anführer über die Schulter schauen wollte, zuckte Justus zurück. »Bitte nicht. Ich komme sonst ganz durcheinander.« Der Junge verzog sein Gesicht, trat aber einen Schritt zur Seite.

Justus stellte das zweite Zeichen ein: *Feuer.* Er räusperte sich. »Nun … ja. Jetzt die erste Zahl.« Justus kniff die Augen zusammen und stöhnte, als wäre es Schwerstarbeit. Er wählte die *Eins.*

Bob und Peter blickten sich Hilfe suchend um. Langsam musste etwas passieren. War Abhauen nicht doch die bessere Lösung? Vielleicht würde ein Überraschungsangriff zum Erfolg führen. Doch dazu musste Justus das Startzeichen geben.

Aber Justus ließ sich nicht das Geringste anmerken. Nach außen wirkte er vollkommen gelassen. Wieder drehte er am Rad. Es war die letzte Ziffer. Das Rad stoppte bei der *Sechs.* Jetzt kam es drauf an. Vorsichtig stellte der Erste Detektiv das Kästchen auf den Boden. Er hob den Kopf und schaute in die Gesichter der Jungen. Gleich würde er die Schnappschlösser betätigen müssen. Vor Aufregung hob Bob seine Hände an den Mund. Wenn das jetzt die falsche Kombination war, würde es knallen. Hoffentlich überstand Justus das unbeschadet. Justus bückte sich behutsam und streckte seine Arme voll durch, um den größtmöglichen Abstand zur Schatulle zu wahren. Als er seine Daumen an die Schlösser gesetzt hatte, drehte er den Kopf schützend zur Seite. Seine Augen waren zugekniffen. Er hielt die Luft an. Dann drückte er die Knöpfe rein.

Auf des Messers Schneide

Bob schloss die Augen. Er wagte nicht zu atmen. Etwas klickte. Kein Knall. Es klang eher wie eine Pistole, die nicht geladen war. Bob riss die Augen auf. Die Schlösser waren … offen! »Yeah!«, brüllte Bob und schlug Skinny Norris so fest auf den Rücken, dass Skinny nach vorne kippte und ins Stolpern geriet. Er fing sich schnell, drehte sich um und ballte die Fäuste. »Du hirnloser Idiot!« Drohend schritt er auf Bob zu. Seine Augen funkelten.

Doch die Jungs von Los Ramones sprangen sofort dazwischen. »Prügeln kannst du dich später, Skinny!«, rief ihr Anführer höhnisch. »Jetzt wollen wir wissen, was in der Box drin ist!« Die Aufmerksamkeit richtete sich wieder auf Justus. Der hatte das Kästchen inzwischen längst aufgeklappt und hob es hoch, sodass alle das Innere sehen konnten. »Das ist der Beweis!«, verkündete er mit sichtbarem Stolz. »Genau wie ich es euch gesagt habe: Es ist leer!«

Bob und Peter starrten in das mit Samt ausgepolsterte Kästchen. Woher hatte Justus das gewusst? Und was war dann der Schatz der Mönche?

Justus drehte sich zur Seite und hantierte an dem Kästchen herum. Er klappte es zu und verstellte die Rädchen. Dann steckte er es ein.

Der Erste Detektiv deutete auf seinen Erzfeind Skinny

Norris, der aussah, als hätte man soeben seinen nagelneuen Ford demoliert. »Er freut sich schon aufs Kickboxen.«

»Pass auf, dass du nicht doch noch drankommst, Dicker«, entgegnete der Anführer der Los Ramones. »Also verschwindet, bevor ich es mir anders überlege! Halt, Skinny! Du bleibst hier!«

Die drei ??? zwinkerten Skinny zu und verdrückten sich, bevor die Los Ramones auf andere Gedanken kamen. Die ersten Meter gingen sie langsam, um Haltung zu bewahren. Erst als sie um die Ecke waren, joggten sie los. Nur weg von hier. Der Regen hatte wieder aufgehört, aber der Wind blies unvermindert durch die Straßen. Inzwischen war es 17 Uhr 10. Der Zeitpunkt der Übergabe nahte und endlich waren sie wieder am Drücker.

»Am besten, wir lassen die Zeit bis um sechs nicht nutzlos verstreichen, sondern wir machen einen Plan, wie wir den erpresserischen Anrufer doch noch überführen können«, schlug Justus vor, als sie wieder stehen geblieben waren, um Luft zu holen.

»Ach ja? Einen Plan?« Peter schüttelte den Kopf. Seine Begeisterung für Justus' Idee hielt sich in Grenzen. »Ich will das Ding so schnell wie möglich loswerden. Ich habe die Schnauze langsam voll. Außerdem erinnerst du dich doch genau: Außer mir darf keiner von uns am Felsenbrunnen auftauchen!«

»Ich dachte an die Videokamera«, entgegnete Justus. »Wenn wir sie geschickt positionieren und einstellen,

Bob und ich uns dann entfernen und du das Kästchen Punkt 18 Uhr in den Abfallkorb wirfst …«

»Schlag dir das ganz einfach aus dem Kopf, Erster!«, entgegnete Peter. »Mich würde viel mehr interessieren, wie du eben die Schatulle aufbekommen hast! Das grenzte ja an Zauberei! Und warum war sie leer?«

»Wusstest du das vorher?« Auch Bob fand, dass Justus einiges zu erklären hatte.

»Passt auf«, sagte Justus und zog seine Freunde zu sich. »Wir befinden uns ganz in der Nähe des Hofes, in dem Rubbish-George wohnt. Ziehen wir uns dorthin zurück und klären alle Fragen in Ruhe.«

»Einverstanden. Aber es ist bald sechs«, sagte Peter mit einem Blick auf die Uhr. »Gib mir schon mal das Kästchen. Dann fühle ich mich einfach besser!«

Mit leichtem Unwillen rückte Justus die Schatulle heraus und Peter steckte sie sich hinten in die Jacke, wo das Innenfutter vor Kurzem einen Riss bekommen hatte. Seitdem benutzte Peter die Öffnung als Geheimtasche.

Während sie die paar Meter zur Einfahrt zurücklegten, sah Peter fast ununterbrochen auf die Uhr. Jetzt konnte eigentlich nichts mehr schief gehen. Es waren nur noch gut 40 Minuten bis zur verabredeten Zeit. Das sollte doch zu schaffen sein. Dieses ganze Hin und Her um das Kästchen war ihm gehörig auf den Magen geschlagen. Erst bekam er die Schatulle per Zufall in die Hände, plötzlich war sie verschwunden, dann tauchte sie wieder auf, jedoch nur um wieder so gut wie verloren zu sein: Das Kästchen schien wie verhext. Doch jetzt hatten die Detektive alle Trümpfe in der Hand. Peters Plan war denkbar einfach: Bis kurz vor sechs die Zeit absitzen und pünktlich das Kästchen in den Abfallkorb stecken.

Sie erreichten die Einfahrt zum Hof. Wenn Peter nicht so in Gedanken versunken gewesen wäre, wäre ihm das Motorradgeräusch viel früher aufgefallen. Justus und Bob schien es ähnlich ergangen zu sein. Jedenfalls waren sie genauso überrascht, als mit einem scharfen Bremsen die rote Maschine vor ihnen stoppte: Es war Chuck – der Mann mit den Messern, den sie offenbar niemals loswurden. »Na endlich, Jungs! Darauf habe ich gewartet!«

Es blieb ihnen nur eine Möglichkeit: Sie spurteten durch die Toreinfahrt, um Hilfe zu holen. Doch der Hof war menschenleer. Und wenn sich ohnehin Nachbarn kaum dafür interessierten, was nebenan geschah, in Little Rampart taten sie es gar nicht.

»Wir sitzen in der Falle!«, stieß Justus hervor. »Es gibt nur diese eine Ausfahrt!«

»Zu Rubbish-George!«, rief Bob und rannte los.

Hinter ihnen heulte das Motorrad auf. Noch reichte der Vorsprung.

Aber wenige Meter vor George's Hütte hatte Chuck sie eingeholt. Er bremste scharf und griff in seinen Mantel. Ein Messer sauste durch die Luft. Zitternd blieb es im Holz der Hütte stecken. Die drei ??? zuckten erschrocken zusammen und verharrten dort, wo sie standen.

»Das war nur der Anfang! Stellt euch an die Wand!« Chuck hielt bereits ein weiteres Messer in der Hand und wies damit auf Rubbish-George's Hütte. Vorsichtig taten die drei ???, wie ihnen befohlen war, und lehnten sich nebeneinander mit dem Rücken an das Holz. Im Inneren der Hütte war keine Musik zu hören. George schien unterwegs zu sein.

»So ist es brav, ihr Hühnchen.« Ohne seine Opfer aus den Augen zu lassen, stieg Chuck von seiner Maschine. Er trat einen Schritt vor und ließ ein Messer durch die Luft wirbeln. Mit sicherem Griff fing er es wieder auf. »Scharf, nicht? Es geht auch mit zwei!« Der Mann zog ein weiteres Messer hervor, sodass er in jeder Hand eins hielt. Mit einem Ruck warf er sie gleichzeitig hoch und für einen winzigen Moment blieben sie in drei, vier Metern Höhe rotierend stehen, bevor sie wieder herunterwirbelten. Ohne auch nur den Blick von den drei ??? abzuwenden, griff Chuck die Messer aus der Luft.

»Ich würde euch raten, nicht abzuhauen. Mindestens zwei von euch erwische ich. Also keine Bewegung.«

»Wie haben Sie uns so schnell gefunden?«, fragte Justus. So beeindruckend Chucks Demonstration auch war, der Erste Detektiv wollte auf alle Fälle die Initiative ergreifen.

Chuck lachte. »Junge, ich bin Profi! Ich werfe nicht nur perfekt mit Messern, ich arbeite mit allen Tricks! Was meinst du denn, wie ich euch in der Buchhandlung ausgegraben habe? Schau doch mal, ob du was unter deinem Ärmel findest …«

Justus sah ihn ungläubig an, zog aber vorsichtig die Jacke aus. Mit den Fingern fühlte er das Leder ab. Tatsächlich, unter seiner linken Achsel steckte ein kleiner schwarzer Knopf. Chuck musste ihm bei der Verfolgungsjagd einen Peilsender angesteckt haben. »Sind Sie Geheimagent oder so was?«

Der Mann im Mantel lachte und strich die Messerklingen gegeneinander. Das Geräusch ließ den drei ??? das Blut in den Adern gefrieren. »Bist ja einer von der ganz hellen Sorte! Und ich hatte die Kalifornier immer für besonders dumm gehalten! Also pass auf: Ihr habt es hier mit Chuck zu tun! Chuck lebt in Los Angeles und erledigt ab und zu einen Job. Für Freunde, für Geld! Und Chuck ist immer auf Zack, wenn du verstehst, was ich meine?«

»Dieses Mal dürften Ihre Auftraggeber aus dem Land Ihrer Vorfahren stammen«, sagte Justus.

»Wow, Mr Oberschlau! Was weißt du über meine Vorfahren, Dicker? Nur weil ich Schlitzaugen habe, meinst du, ich bin Chinese? Hä? Meinst du das?« Er ließ die Messer blitzen und rückte näher an Justus heran, der vorsichtig zur Seite wich.

»Könnte doch sein«, murmelte er.

»Ich frage dich was«, rief Chuck. »Ist Texas schon China? Ist das östlich genug? Nein, mein Junge, ich bin Amerikaner, genau wie du. Mein Vater kommt aus Dallas. Aber meine Mutter stammt von den chinesischen Piraten ab, die hier vor langer Zeit Gold geschmuggelt haben. Mit allen Wassern gewaschen, hahaha! Doch dieses Mal jage ich kein Gold, sondern ein kleines braunes Kästchen. Nun spuckt schon aus: Wer von euch drei

Plattnasen hat es? Gebt es dem lieben Chuck, dann seid ihr raus aus der Sache und könnt wieder durch euer verträumtes Kaff ziehen und Eis schlecken.«

»Und was ist mit 18 Uhr? Dem Treffpunkt am Brunnen?«, fragte Peter ins Blaue hinein.

»Vergiss 18 Uhr! Und vergiss den Brunnen! Her mit der Kiste. Du hast sie doch bestimmt! Endlich sitzt du in der Falle, Kleiner! Nachdem du mich in der Lagerhalle so angeschmiert hast, mit deinen … Rollschuhen!« Er tat einen Satz auf Peter zu.

»Dann durchsuchen Sie uns eben!«, rief Justus dazwischen. »Sie finden sowieso nichts.« Noch immer standen sie nebeneinander an der Wand, doch Justus rechnete sich bessere Chancen aus, wenn Bewegung in die Sache käme. Vor allem musste er Chuck von Peter ablenken.

Chuck trat ein paar Schritte zurück. Jetzt stand er vor den drei ??? wie ein Dompteur vor den Löwen. Nur dass der Dompteur in diesem Spiel das Raubtier war und die drei ??? seine Opfer.

»Ich weiß eine viel bessere Methode«, sagte Chuck. »Ich nenne es die *Wahrheit der Messer*. Eine Erfindung von Chuck.« Wie der Blitz griff er in seinen Messergürtel und kaum einen Moment später sausten drei Messer dicht neben die Körper der drei ???.

Die Jungen wagten nicht, sich auch nur einen Millimeter zu bewegen.

»Beeindruckend, nicht? Du bist besonders leicht zu treffen, Mr Oberschlau«, sagte Chuck und sein Blick taxierte Justus' massige Statur. »Meine kleinen Messer

werden immer näher an euch fliegen, bis sie euch plötzlich leicht streifen und dann … Ihr werdet sehen, wie
schnell ihr euch meiner Meinung anschließt: Ruckzuck
rückt ihr das Kästchen raus.«

Peter schwitzte. Die Schatulle drückte ihm von hinten
in den Rücken. Sollte er sie freiwillig hergeben? Früher
oder später war es ja doch so weit.

»Mit Ihrer Messershow könnten Sie im Zirkus auftre-
ten, Chuck«, rief Justus. »Genau wie Rubbish-George.
Erinnerst du dich an seine tolle Drehtürnummer, Peter?«

»Stimmt!«, rief Bob, der die Anspielung sofort auf-
nahm. »Spurlos verschwunden! Erledige deinen Job!«

Chuck ließ eins seiner Messer neben ihn sausen. »Was
soll das nun wieder?«

Doch Peter hatte verstanden: Er stand genau vor dem
Brett, das als Drehtür in George's Hütte funktionierte.
Und Rubbish-George hatte vorhin etwas von einer
zweiten Drehtür erzählt. Peter musste sich nur wenige
Zentimeter nach links bewegen und sich nach hinten
fallen lassen. Schon war er drin. Und irgendwie würde es
dann weitergehen. Vorsichtig setzte er einen Fuß seitwärts.

»Mister, es tut mir leid, dass ich darauf hinweisen
muss, aber Ihr Motorrad kippt!«, rief Justus.

Chuck drehte sich kurz um.

Die wenigen Sekunden reichten. Peter ließ sich nach
hinten fallen – und die Tür gab nach.

Treffpunkt Brunnen

Mit einer Rolle rückwärts landete der Zweite Detektiv vor George's leerem Bett und sprang sofort auf die Füße. Die Drehtür war wieder zugeschlagen. Aber wo befand sich die zweite Geheimtür? Es ging um Sekunden. Peter musste verschwunden sein, bevor Chuck die Hütte stürmte.

Innen gab es nur zwei freie Holzwände. Peter warf sich seitlich gegen die erste. Nichts. Draußen klopfte Chuck gegen das Holz und suchte die Stelle, an der die Tür aufging. Peter versuchte es mit der anderen Seite. Und das Brett gab nach.

Er landete in einem dunklen Gang. Die Tür klappte wieder zu. Peter hörte Chuck draußen herumbrüllen. Der Zweite Detektiv tastete sich voran, so schnell es in der Dunkelheit ging. Nach wenigen Metern stieß er an eine Stahltür. Er öffnete sie und stand verwundert in einem Treppenhaus. Die Stufen führten aufwärts. Er befand sich in einem Keller. Peter nahm immer drei Stufen auf einmal. Ein paar Sekunden später stürzte er auf die Straße. Er blickte sich um und versuchte, sich zu orientieren. Er kannte die Straße. Ein Blick auf die Uhr: Noch zwanzig Minuten. Plastiktüte besorgen und zum Brunnen, schoss es ihm durch den Kopf. Langsam wurde es Zeit. Peter rannte die Häuserblocks entlang. Heftig atmend erreichte er das Kaufhaus. Peter drückte sich durch den Seiteneingang und lief sofort auf die Kasse zu. Ein Kunde bezahlte gerade ein paar T-Shirts. »Darf ich eine Plastiktüte haben?«, platzte Peter dazwischen. »Ich zahle auch einen Dollar!«

Die Kassiererin lächelte ihn an. »Du bekommst sie kostenlos, aber warte, bis ich fertig bin.«

Nervös stellte sich Peter neben den Mann. Plötzlich schien dieser Kerl alle Zeit der Welt zu haben. Peter betrachtete ihn mit Widerwillen. Mit seiner eher fülligen Statur, dem großen Kopf mit Halbglatze und vor allem den herunterhängenden Wangen und Augenlidern sah er einem Cockerspaniel nicht ganz unähnlich. Noch 12 Minuten. Zur Not musste es ohne die Tüte gehen. Doch dann hatte der Kunde endlich bezahlt und die Kassiererin drückte ihm die Tüte in die Hand. Der Zweite Detektiv bedankte sich und verließ das Kaufhaus.

Eine Last fiel von ihm ab und er drosselte das Tempo. Nun lief alles nach Plan. In zehn Minuten war er locker am Brunnen. Ohne weiter auf die Umgebung zu achten, zog er das Kästchen aus der Jacke und stopfte es in den Beutel.

Nachdem er nun etwas durchatmen konnte, begann er sich Sorgen um Justus und Bob zu machen. Seine Freunde hatten ihm schließlich bedeutet, die Flucht zu ergreifen. Hoffentlich hatte Chuck nicht seine Wut an ihnen ausgelassen. Peter sah auf die Uhr. Acht vor sechs. Er wollte das Kästchen loswerden und dann sofort nach Bob und Justus schauen.

Als er den verabredeten Platz erreicht hatte, sah er sich nur kurz nach möglichen Beobachtern um. Langsam schlenderte er auf den Brunnen zu. Er fixierte den Papierkorb. Und plötzlich kroch ihm die Angst den Rücken hinauf. War er hier nicht mitten auf dem Präsentierteller? Was, wenn alles eine Falle war und ihn der Anrufer einfach umlegen würde? So etwas soll es schon gegeben haben, und nicht nur in Hollywoodfilmen. Er wünschte sich Justus und Bob herbei. Er war allein.

Aber ein Zurück gab es ohnehin nicht mehr. Es waren noch wenige Schritte bis zum Abfallbehälter. Mit hektischen Blicken suchte Peter die Umgebung ab. Ein scharrendes Geräusch hinter ihm ließ ihn zusammenfahren. Zwei Jungen skateten vorbei. Fast streiften sie das Touristenpaar, das vor Peter herumbummelte. Der Mann blieb stehen und Peter trat unwillkürlich einen Schritt zur Seite. Doch der Mann zeigte nur zum Brunnen und die Frau lachte auf.

Peter lief weiter. Mit Blaulicht und Sirene raste ein Polizeiwagen vorbei. Peter sah dem Auto nach, das in eine Nebenstraße bog und verschwand. Hilfe hätte er vielleicht noch gebrauchen können.

Da hing der Papierkorb. Peter holte entschlossen Luft, nahm die letzten drei Schritte, stopfte das Päckchen in den kleinen Abfallcontainer und entfernte sich, so rasch er konnte. Eine große Last fiel von seinen Schultern. Es war vollbracht, und ihm war nichts geschehen.

Peter war noch nicht weit gekommen, als er hinter sich ein Motorrad aufbrausen hörte. Er drehte sich um:

Wie aus dem Nichts war Chuck aufgetaucht und direkt neben den Abfallkorb gefahren. Doch er war nicht allein: Tai stand ihm gegenüber. Sie schrien sich in einer fremden Sprache eine offenbar deftige Begrüßung zu. Peter war froh, dass er sie nicht verstand. Dann ging Tai zum Angriff über.

Was Peter und die wenigen anderen Passanten, die unterwegs waren, jetzt zu sehen bekamen, schien wie aus einem asiatischen Actionfilm: Mit einer Mischung aus Judo, Karate und anderen Kampfsportarten gingen die beiden Männer aufeinander los. Tai bewegte sich dabei so geschickt, dass Chuck seine große Stärke, das Messerwerfen, nicht ausspielen konnte. Nach zwei Minuten hatte der Mönch Chuck zu Boden gezwungen und ihm mit einer dünnen Schnur die Hände auf den Rücken gefesselt. Plötzlich trat ein Mann mit rotbrauner Robe neben Tai und gratulierte ihm zu seiner Aktion. Das musste einer der anderen Mönche sein, entweder der Lama selbst oder zumindest sein Berater. Wahrscheinlich hatte er vom Hotel aus alles beobachtet. Tai deutete auf den Abfallkorb und der Mann machte sich daran, ihn zu untersuchen. Eigentlich war Peter egal, was mit der Schatulle passierte. Mehr aus Neugierde blieb er stehen, um zu sehen, wie alles ein Ende fand. Der Mann durchwühlte den Container. Ohne Ergebnis. Seine Bewegungen wurden hektischer. Schließlich hob der Mönch den Behälter aus seiner Verankerung, drehte ihn um und schüttete ihn aus. Der Abfall fiel auf den Boden. Peter sah sofort, dass die Tüte mit dem Kästchen nicht dabei war.

Jetzt verstand Peter gar nichts mehr. Gerade eben hatte er die Schatulle in den Mülleimer gesteckt! Sie konnte sich doch nicht in Luft auflösen? In genau dem Moment, als er sich umgedreht hatte, musste sich jemand an den Abfallcontainer herangeschlichen haben.

Chuck stieß einen triumphierenden Lacher aus. Nun ging Tai selbst zum Müll und durchforstete alles noch einmal. Er suchte auch die nähere Umgebung ab, ergebnislos. Chuck lachte immer hemmungsloser und der andere Mönch lief, statt zu helfen, nur aufgeregt umher.

Die haben genau gesehen, wie ich das Kästchen in den Behälter gesteckt habe, dachte Peter. Ich habe meinen Job erledigt. Mir kann niemand etwas vorwerfen. Er drehte sich um und ging. Er wollte weg von dem aggressiven Tai, weg von diesem Messerwerfer aus Los Angeles und weg von dem Platz, an dem die Jagd nach der kleinen Schatulle eigentlich ihr Ende haben sollte. Aber das Kästchen hatte sich wieder einmal davongemacht und die Buddhisten waren entsprechend aufgeregt.

Doch Peter war jetzt alles egal. Er war raus aus der Sache. Sein Leben war nicht mehr bedroht. Justus würde zwar noch ein wenig herummaulen, da er ungelöste Rätsel nicht leiden konnte. Aber das war Peter völlig schnuppe. Er fühlte sich wie befreit. Er spürte den Wind in seinem Gesicht, als wäre es das erste Mal. Die Luft war durchsetzt von Regentropfen und Peter streckte ihnen sein Gesicht entgegen. Er sah, wie die Menschen im Laufschritt den kürzesten Weg nach Hause suchten. Doch er selbst ging ganz langsam. Er genoss es. Der

Wind wirbelte durch seine Haare. Peter atmete tief ein, es roch nach Meer. Und morgen würde der Sturm vorüber sein und er würde sich an den Strand legen und weder an das Kästchen noch an Buddha oder an die Wiedergeburt auch nur einen Gedanken verschwenden. Er würde die Sonne genießen. Auf den Pazifikwellen surfen. Nach tollen Mädchen Ausschau halten. Vielleicht hatte ja auch Kelly endlich wieder einmal Zeit für ihn. Peter schloss die Augen und zog bedächtig die Luft ein.

»Hallo, Peter«, sagte eine Stimme dicht hinter ihm.

Der Zweite Detektiv zuckte zusammen und drehte sich um. »Rubbish-George!«

Der Stadtstreicher berührte ihn fast, so nahe stand er bei ihm. Der Wind zerzauste seine gelblich grauen Haare. Mit der rechten Hand schwenkte George eine weiße Plastiktüte. »Schau mal, was ich gefunden habe! Dort hinten im Papierkorb. Du wirst es nicht für möglich halten …«

»George! Du … hast doch nicht etwa das Kästchen …«

»Doch, habe ich.« Seine Stimme hatte einen triumphierenden Singsang.

Peter atmete aus. Die Geschichte hatte ihn wieder eingeholt. Alles ging wieder von vorne los. Er hob abwehrend die Hände. »Nein! George! Bitte nicht! Ich möchte damit nichts mehr zu tun haben! Hör zu … ich biete dir … meinetwegen zehn Dollar, wenn du das Ding behältst!«

»Behältst?« Der Stadtstreicher blickte ihn verwundert an, schaltete aber schnell. »Okay … ich bin einverstanden. Zehn Dollar und du kriegst es – *nicht*!«

»Aber … zehn Dollar … so habe ich das doch nicht gemeint!«

»Zehn Dollar. Du hast es gesagt!«

Peter schnaufte. Sollte Rubbish-George seine Dollar doch bekommen. Wenn es weiter nichts war. Dann hatte Peter seine Ruhe. Er begann in seiner Tasche zu kramen. »Tun es auch fünf?«

»Zehn Dollar. Sonst liefere ich das Kästchen bei der Polizei ab und du kannst denen die ganze Geschichte erklären. Vielleicht würden sie sich dafür interessieren, warum du nicht gleich zu ihnen gekommen bist …«

»Ist ja schon gut.« Peter fand einen entsprechenden Geldschein. Mit dem hatte er eigentlich Kelly zu einem Drink einladen wollen. Aber dann fiel das eben aus. »Hier. Und schmeiß die Kiste bitte in den Pazifik oder gib sie irgendjemandem! Nur nicht der Polizei. Okay?«

Rubbish-George nickte und nahm das Geld entgegen. Er grinste bis über beide Ohren, soweit man das bei seinem Bart überhaupt beurteilen konnte. »Schau, da kommen deine Freunde!« Peter blickte auf. Tatsächlich stürmten Justus und Bob auf ihn zu. Bereits von Weitem rief Bob: »Peter! Hast du es rechtzeitig geschafft, das Kästchen abzugeben? Mann – das war vorhin im Hof ein starker Abgang von dir! Chuck wusste gar nicht, wie er reagieren sollte: dir nachsetzen oder uns festsetzen! Schließlich fesselte er uns notdürftig, dann stolperte er los …«

»… und wir konnten uns befreien«, vollendete Justus den Satz, als sie zu Bob und Rubbish-George getreten waren. Sie begrüßten den Stadtstreicher mit einem Ni-cken. »Doch zum Brunnen kamen wir leider zu spät. Erzähl, Peter, was ist passiert?«

»Was passiert ist?«, rief Peter. »Ganz einfach! Die Übergabe ist schief gelaufen! Zumindest für den anony-men Anrufer. Das Schlitzohr Rubbish-George hat die Schatulle aus dem Mülleimer gezogen, bevor er es ent-gegennehmen konnte.« Peter deutete auf die Plastiktüte. Rubbish-George zuckte bedauernd die Achseln und hob die Tüte hoch.

Irritiert blickte Justus von George zu Peter. »Dann steht gar nicht fest, wer dich angerufen hat?«, sagte er erstaunt.

»Nein. Tai und der Mann mit den Wurfgeschossen haben sich bei dem Brunnen buchstäblich einen Kampf bis aufs Messer geliefert. Hätten sie sich nicht so geprü-gelt, hätte sich George das Kästchen gar nicht schnappen können. Einer von den beiden wird's gewesen sein. Aber mir war es egal. Ich habe meinen Job erledigt und habe mich verdrückt.«

»Hm.« Justus zwirbelte seine Unterlippe.

Peter kannte das: Justus überlegte. In ihm stieg die Wut hoch. »Nun lass den Fall doch sausen! Hör mal: Ich bin diese Typen los! Vergiss es. Wir gehen ein Eis essen! Dann kannst du mir endlich auch erzählen, wie du bei den Los Ramones die Kombination der Schatulle ge-knackt hast!«

»Nein, Peter.« Justus schüttelte energisch den Kopf. »Ich möchte, dass der Fall vollständig aufgeklärt wird.

Und ich präsentiere dem Lama dieses Kästchen. Er ist verloren ohne die Botschaft, die es enthält. Und ohne die Entlarvung des Mannes, der es aus seinem Hotelappartement entwendet hat.«

»Der Lama ist mir egal«, erklärte Peter. »Und wo steckt diese blöde Botschaft überhaupt? Ich denke, das Kästchen ist leer?«

Doch Justus hatte sich bereits Rubbish-George zugewandt, der dem Gespräch interessiert gelauscht hatte. »Geben Sie mir bitte die Schatulle, George.«

Rubbish-George schüttelte den Kopf. »Das geht leider nicht.«

»Wieso geht das nicht?«

»Peter hat sie mir … sozusagen verkauft.«

»Du hast was?«

Der Zweite Detektiv holte Luft. »Es stimmt, Justus. Ich habe ihm zehn Dollar dafür gegeben, dass er sie behält und ich nicht weiter belästigt werde!«

»Tja«, sagte Rubbish-George. Er zog die Augenbrauen hoch. »Da kann man wohl nichts machen.«

»Aber … aber …« Justus suchte nach Worten, doch es kam kein weiterer Ton heraus.

Rubbish-George kratzte sich am Kopf. »Vielleicht gäbe es noch eine Möglichkeit«, murmelte er so leise in seinen Bart hinein, dass man es kaum verstand.

Doch Justus hatte genau aufgepasst. »Welche?«

»Du kaufst sie mir ab, Justus. Für … äh … zehn Dollar. Du wirst mir Recht geben: ein wahrer Freundschaftspreis.«

Peter verschluckte sich fast. »Ich habe Ihnen Geld dafür gegeben, dass Sie das verdammte Stück behalten! Das gilt nicht, George! Ich bestehe auf der Abmachung!«

Rubbish-George lächelte. »Du hast mich dafür bezahlt, dass *du* es nicht bekommst! Und auch nicht die *Polizei*. Von Justus war keine Rede. Also, wie sieht es aus, Justus?«

Ein Lächeln lief über Justus' Gesicht. »Der Logik kann ich folgen. Tut mir leid, Peter, ich stehe bei Lama Geshe im Wort.« Er zog seine Geldbörse hervor. Als er die Dollar zählte, wurde ihm schnell klar, dass von dem durch viel harte Arbeit auf dem Schrottplatz verdienten Geld langsam nichts mehr übrig war. »Täten es vielleicht auch fünf Dollar?«, fragte er vorsichtig.

»Dafür kriegst du sie übermorgen.«

Zähneknirschend machte Justus die verlangte Summe locker.

»Sie sollten bei einer Bank arbeiten, George. So hart, wie Sie verhandeln!«

»Habe ich früher auch«, schmunzelte Rubbish-George und steckte das Geld lose in die Innentasche seiner Lederjacke. »Bis ich dann sozusagen in den Außendienst wechselte.« Feierlich überreichte er Justus die Plastiktüte.

Der Erste Detektiv warf einen skeptischen Blick hinein. Das Kästchen war drin.

»Ich mache nur saubere Geschäfte«, erläuterte Rubbish-George und rieb sich die Hände. »Jungs, ich werde euch mal zu meiner berühmten Dosenlinsensuppe einladen! War echt ein Glückstag heute.« Summend zog er von dannen.

»Für dich vielleicht«, murmelte Peter ihm nach. Er war ziemlich sauer. »Und die Linsensuppe kann Justus alleine auslöffeln. Am besten auf der Jahreshauptversammlung von ›Ein Herz für Penner‹.« Missmutig drehte er sich zu Justus um. Jetzt stand wahrscheinlich die Verkündigung von Justus' Plan auf dem Programm.

Der Erste Detektiv lotste seine Freunde erst einmal in ein Café an der Ecke des Platzes. Er fand, dass sie sich eine kleine Zwischenmahlzeit verdient hatten. Von Tai und dem Messerwerfer war nichts mehr zu sehen. Der Abfallcontainer hing wieder an seinem Platz, als wäre nichts geschehen. Nur noch der herumfliegende Müll zeugte von den Ereignissen.

»Ich bin noch gar nicht dazu gekommen, euch zu berichten, was Lama Geshe mir alles erzählt hat«, begann Justus, als sich Peter, Bob und er – jeder mit einer Cola und einer Tüte Chips bewaffnet – gesetzt hatten. »Vielleicht versteht ihr dann, warum ich Rubbish-George das Kästchen wieder abgekauft habe.« In möglichst genauen Worten gab Justus das Gespräch mit dem Lama wieder. »Nach allem, was ich verstanden habe, geht es um die Wiedergeburt von Sun Gaya, dem obersten Buddhistenführer von Kathu. Kurz vor seinem Tod hat er Lama Geshe eine geheime Botschaft geschickt, die in der besagten Schatulle steckt. Es muss der Hinweis auf die Familie sein, in der er wiedergeboren werden wird. Dieser Name ist der Schatz der Mönche. Und diesen

Namen soll Lama Geshe heute Abend um acht bei einer Zeremonie feierlich verkünden.«

»Ich finde den Gedanken an die Wiedergeburt erschreckend«, unterbrach ihn Peter, der immer noch sauer auf Justus war. »Nimm zum Beispiel mal dich! Auf diese Weise würde die Menschheit dich nie los! Irgendwann bist du tot und schon kommt ein neuer Justus, der seinen Freunden permanent über den Mund fährt und alles besser weiß.«

»Peter, ich weiß nicht, was das …«

»Ich glaube übrigens nicht, dass man bei der Wiedergeburt als genau derselbe erscheint«, unterbrach Bob Justus. »So wie ich das verstanden habe, wird die Seele oder die Energie, wie die Buddhisten sagen, auf einen anderen Körper gelenkt. Man kann auch ein Tier werden oder ein hoffnungslos herumirrender Dämon, wenn man auf dem Weg zur Erleuchtung nur Mist gebaut hat.«

»Dann wird Justus bestimmt eine oberkluge Schleiereule!«

»PETER!«

»Oder eine widerwärtige Ratte!«

»ES REICHT!«

Bob drückte ihm die Cola in die Hand. »Hast du dich jetzt genug ausgetobt, Peter?«, fragte Bob. »Und können wir uns jetzt endlich der Lösung des Falls zuwenden? Was war denn nun in dem Kästchen, Justus? Als du es gezeigt hast, war es doch leer!«

Justus räusperte sich und beschloss, Peter die Angriffe zu verzeihen. Schließlich war er nicht ganz unschuldig an der Wut seines Freundes. »Immer der Reihe nach«, sagte er ruhig. »Zunächst wollte ich noch ein Wort zur Rolle des Messerwerfers anfügen. Wie Mr Zhang bereits sagte: Gewisse Kräfte versuchen, Einfluss auf das Land Kathu zu bekommen. Da der religiöse Herrscher zugleich der oberste Herrscher des Landes ist, versucht man, die Sache mit der Wiedergeburt für sich auszunutzen. Ich schätze, unser Verfolger ist ein Agent, der heimlich den Zettel austauschen soll, der den Hinweis auf die Wiedergeburt Sun Gayas gibt. Er soll den Namen einer anderen Person einsetzen, die seinen Befehlsmännern genehm ist. Über diesen falschen Religionsführer gewinnen die Hintermänner die Macht in Kathu.«

»Geschickter Trick«, murmelte Bob. »Und Peter hat die Übergabeaktion in der Fabrik gestört.«

»Und was sollen wir jetzt tun?«, fragte der Zweite Detektiv. Inzwischen tat es ihm leid, was er zu Justus gesagt hatte. Justus hatte ja Recht: Man konnte nicht immer nur an sich selbst denken.

Justus zog seine beiden Freunde eng an sich heran. »Ist doch ganz einfach: Wir müssen den Dieb der Schatulle überführen und die Zeremonie retten. Hört zu.«

Das Rad der Zeit

Es dauerte nicht lange, bis die drei ??? zu dem Ort gelaufen waren, an dem die Feierlichkeit stattfinden sollte. Neben einer unscheinbaren Tür war ein Schild in die Hauswand eingelassen: ›Buddhistisches Zentrum Rocky Beach‹.

Justus betätigte den Türklopfer. Wenige Sekunden später stand ausgerechnet Tai in der Tür. »Was wollt ihr denn hier? Habt ihr uns nicht schon genug Ärger bereitet? Verschwindet!«

»Wir müssen Lama Geshe sprechen«, antwortete Justus und wich keinen Millimeter zur Seite. »Es wäre ein großer Fehler, wenn Sie uns nicht vorlassen.«

»Lama Geshe bereitet die Zeremonie vor.«

Justus sah auf die Uhr. Kurz vor halb acht. »In einer halben Stunde ist es so weit. Ich frage mich nur, wie die Zeremonie zur Ausrufung der Wiedergeburt von Sun Gaya stattfinden soll? Schließlich fehlt der Hinweis, wo die Wiedergeburt überhaupt zu finden ist! Glauben Sie an ein Wunder?«

Tai schwieg.

»Sie können uns also ruhig hineinlassen«, sagte Justus. »Wir stören nicht. Und unsere Botschaft ist wichtig.«

»Dann verratet sie mir.«

»Wir sprechen nur mit dem Lama.«

»Also gut.« Tai trat zur Seite und deutete auf Peters Videokamera. »Aber ohne das Ding da.«

Peter nickte. »Ich schalte sie aus.«

Tai führte die drei ??? durch einen Flur. An den Wänden hingen Bilder berühmter buddhistischer Führer, doch die Jungen beachteten sie nicht. Nach kurzer Zeit erreichten sie eine Tür. Tai befahl ihnen davor zu warten und verschwand.

Jetzt hatte Justus Zeit, das Gemälde zu betrachten, das neben dem Eingang angebracht war. Es war genau so ein Bild, wie es auch das Kästchen verzierte, nur sehr viel größer: eine Art hölzernes Rad, dessen Speichen das Gemälde in sechs Abschnitte unterteilten.

»Inzwischen kann ich euch sagen, was das bedeutet«, sagte Justus. Bob und Peter waren näher getreten. »Es ist das Rad der Zeit. In dem Buch über Kathu war alles genau beschrieben: Die sechs Felder symbolisieren die Welten, in die man wiedergeboren wird. Oben die Götter, dazwischen Menschen und Tiere, unten die Dämonen und Geister.«

Während sich die drei ??? die Figuren ansahen, wurde die Tür wieder geöffnet. Tai winkte sie heran. »Kommt rein! Aber leise! Und bitte: Zieht die Schuhe aus! Das ist Brauch.«

»Auf Ihre Verantwortung«, murmelte Justus und streifte sich die Schuhe ab.

Die Detektive betraten eine schwach erleuchtete Halle. Für den Anlass war sie feierlich geschmückt worden. Ganz vorne stand eine riesige Buddha-Figur. Auf dem rot gefliesten Boden saßen die Mitglieder des buddhistischen Zentrums von Rocky Beach. Man spürte förmlich, wie gedrückt die Atmosphäre war. Den einen oder anderen kannten die drei ??? vom Sehen, zum Beispiel Sonny Elmquist, der ihnen in einem früheren Fall begegnet war. Erstaunt nahm Justus wahr, dass auch Mr Zhang zu den Gästen gehörte. Lama Geshe saß am Kopfende der Halle und war umgeben von einigen Reliquien. Vielleicht lag es auch am Licht, aber Justus meinte, ihn vorher nicht so alt und gebeugt gesehen zu haben.

Vinaya, der Berater, der neben dem Lama saß, wollte aufstehen. Doch Geshe hielt ihn zurück und ergriff das Wort: »Justus, ich begrüße dich. Und da sind auch deine Freunde Bob und besonders Peter, dem wir nach allem, was ich höre, so viel Aufregung gebracht haben. Verzeihe mir, dass du in unsere Angelegenheiten verwickelt wurdest.« Er nickte Peter freundlich zu. »Aber es war ja nicht allein unsere Schuld«, sprach Lama Geshe weiter. »Viel eher hat sich die Lage durch eine Gruppe im ausländischen Geheimdienst zugespitzt, die unbedingt an den Namen der Familie kommen wollte, in der Sun Gaya wiedergeboren wird. Sie möchten dadurch Einfluss auf unsere Religion erlangen. Ich nehme an, sie wollten den Hinweis auf die Wiedergeburt austauschen, um uns eine Familie zuzuschieben, die sie selbst ausgesucht haben. Ich hätte das Kästchen geöffnet und den falschen Namen verlesen, ohne es auch nur zu ahnen. Den Agenten Chuck habt ihr ja kennen gelernt. Nun, sein eigentliches Ziel hat er nicht erreicht. Aber das Kästchen ist verschwunden und die Zeremonie kann nicht stattfinden. Doch noch sind ein paar Minuten Zeit und ich hoffe bis zuletzt auf ein Wunder.«

»Manchmal geht es auch einfacher«, sagte Justus. Er griff in seine Jacke und zog das Kästchen hervor. Triumphierend hielt er es in die Luft.

Ein Raunen ging durch die Reihen der Anwesenden. Tai sprang auf, ebenso Vinaya. Lama Geshe mahnte sie zur Ruhe. »Meine Vision hat mich also nicht getäuscht«, sagte Lama Geshe. Sein Gesicht strahlte. »Es hieß: ein Junge würde mir zu Hilfe kommen! Du hast die Schatulle! Ich hoffe nur, sie war zwischendurch nicht in falschen Händen.«

Justus musste an Morton und vor allem an Rubbish-George denken. Er schmunzelte. »Alle Träger der Schatulle sind absolut vertrauenswürdig«, sagte er und trat einen Schritt vor. »Aber zunächst möchten wir Ihnen allen zeigen, wie wir überhaupt an das Kästchen gekommen sind. Peter hatte in der Lagerhalle eine Videokamera dabei. Wäre es Ihnen möglich, einen Fernseher zu besorgen?«

Auf einen Wink des Lama hin verließ ein Mann den Raum und kehrte kurze Zeit später mit einem Fernseher zurück. Peter schloss die Geräte an, spulte das Band an die richtige Stelle und spielte den überraschten Zuschauern die Passage vor, in der sich die beiden Männer in der Lagerhalle in der fremden Sprache unterhielten.

»Ich kann das für diejenigen, die nicht Chinesisch sprechen, übersetzen«, meldete sich Mr Zhang. »Offenbar hatte eine Person die Schatulle hinter der Stahltür versteckt, bis sie von Chuck als Gegenleistung einen Geldbetrag ausgehändigt bekam. Aber jetzt streiten sie beide. Chuck will sich nicht an die Absprache halten … Er macht sich darüber lustig, dass der andere glaubt, Chuck würde dessen Zettel einlegen … Chuck sagt, er habe doch jetzt das Geld und solle Ruhe geben. Chuck hatte wohl ein eigenes Papier vorbereitet. Vermutlich stammt es von seinen dunklen Auftraggebern! Schade, dass man die andere Stimme nicht genau erkennen kann.«

Jetzt folgte die Stelle, an der Chuck sichtbar wurde, und Peter stoppte das Band.

»Wer also ist die geheimnisvolle zweite Person?«, fragte Justus und ließ bedeutungsvoll seinen Blick kreisen. »Sie hat das Kästchen aus dem Apartment des Lama gestohlen. Leider wird sie auf unserer Videoaufnahme nicht sichtbar. Aber kümmern wir uns später um diese Frage. Vielleicht sollten wir das Kästchen erst einmal öffnen. Nun liegt es an Ihnen, Eure Heiligkeit. Oder sollte ich besser vorschlagen, dass es einer Ihrer Mitarbeiter tut? Das Kästchen ist nicht ungefährlich.«

Lama Geshe lächelte. »Ich kenne den Code. Ich bin absolut sicher.«

»Sie sollten es nicht drauf ankommen lassen, Eure Heiligkeit.« Justus sah Lama Geshe direkt in die Augen.

Der Lama fing seinen Blick auf und er verstand. »Gut, wenn du meinst. Sicher ist sicher. Nun, ja, wem gebe ich das Kästchen …«

»Mir!« Tai war aufgesprungen.

»Ich würde mich auch zur Verfügung stellen«, sagte

139

Mr Zhang ruhig und erhob sich. »Einige meiner Landsleute haben genug Unsinn veranstaltet.«

»Lassen Sie mich es tun«, schlug Vinaya vor. »Ich bin schließlich Ihr Stellvertreter.«

Justus nickte unmerklich. Daraufhin reichte Lama Geshe Vinaya das Kästchen. Plötzlich zitterte die Hand des Lamas. Vinaya spürte die Veränderung bei Lama Geshe nicht. Seine ganze Aufmerksamkeit galt dem Kästchen. Er griff in die Tasche seines Umhangs und zog ein Tuch hervor, mit dem er sich nervös die Stirn abtupfte.

»Es wird nichts passieren«, sagte Lama Geshe. »Der Code ist klar. Es ist das Datum …«

»… Ihrer Einweihung als Lama«, vollendete Justus etwas vorlaut den Satz. »Und zwar in tibetischer Zeitrechnung. In dieser Zeitrechnung werden zwölf Tiere mit den fünf Elementen kombiniert. Da man nach 60 Jahren wieder von vorne beginnen muss, zählt man die 60-Jahres-Zyklen durch. Im Jahr 1986 nach unserer Zeitrechnung endete der 16. Zyklus mit dem Tiger-Feuer-Jahr, wie man in Kathu sagt.«

Lama Geshe sah ihn erstaunt an und unterbrach das einsetzende Gemurmel mit der Nennung des ersten Symbols: »So ist es. *Tiger!*«

Während Lama Geshe die Kombination sagte und Vinaya an den Zahlenrädchen drehte, arbeiteten sich die drei Detektive vorsichtig in die Nähe des Beraters. So hatten sie es mit Justus abgesprochen. Gerade als sie neben ihm standen, nannte Lama Geshe die letzte Ziffer. »*Sechs.*«

Vinaya stellte sie ein.

»Jetzt«, murmelte Justus.

Die drei ??? sprangen los. Vinaya war vollkommen überrascht. Als Erster bekam Peter dessen Hand zu packen. Trotz des Durcheinanders gelang es Peter, die Hand Vinayas fest im Griff zu behalten. Bob und Justus hatten genug damit zu tun, die Angriffe von Tai abzuwehren, bis endlich Lama Gehse mit einem Machtwort für Ruhe sorgte.

Von den Anwesenden saß niemand mehr. Alle versammelten sich um Peter, der Vinaya nicht mehr losließ. Vinaya hatte seine Hand zur Faust geballt.

Justus deutete darauf. »Auch wenn Sie die Faust noch so fest zusammenpressen, ich weiß, was in Ihrer Hand steckt«, sagte der Erste Detektiv. »Es ist ein Zettel mit einem Namen. Mit dem Namen der Familie, in der Sun Gaya wiedergeboren wird. Leider ein gefälschter Zettel. Eben sahen Sie Ihre letzte Chance, ihn unbemerkt in das Kästchen zu schmuggeln.«

Lama Geshe war bleich geworden. »Stimmt das, Vinaya?«, fragte er mit brüchiger Stimme.

Sein Berater antwortete nicht. Verbissen kniff er den Mund zusammen. Er versuchte noch einmal, sich aus Peters Griff zu befreien, doch Peters Fäuste waren wie Handschellen.

Justus wandte sich an den Lama. »Hier ist sie, die geheimnisvolle zweite Person! Lama Geshe, ich hatte ganz vergessen zu fragen, wann Sie heute Morgen meditiert haben. Ich nehme an, etwa zwischen neun Uhr und elf Uhr?«

»Du hast die Antwort bereits gegeben«, sagte Lama Geshe leise. Er ahnte, worauf Justus' Frage abzielte.

Justus nickte und blickte wieder Vinaya an. »*Einen* großen Fehler haben Sie gemacht, Vinaya«, fuhr er fort. »Ich weiß nicht, ob Sie eben bei Peters Video auf den Videotimer geachtet haben. Er war auf Realzeit eingestellt. Der Timer zeigte etwa Viertel vor zehn.« Justus hob die Stimme an. »Doch um diese Uhrzeit war nach Ihren Angaben, Vinaya, das Kästchen noch gar nicht gestohlen! Sie gaben an, Lama Geshe kurz vor Beendigung seiner Meditation alarmiert zu haben. Also frühestens um Viertel vor elf! Dann nämlich, als Sie von Ihrem kleinen Ausflug zurück waren!«

Fast unbemerkt hatte sich Tai hinter Vinaya geschlichen. Er sah betroffen aus. Justus war klar, dass er Vinaya verhaften würde, sobald Justus seine Beweisführung abgeschlossen hatte. Der Erste Detektiv fuhr fort: »Denn das war Ihr Plan, Vinaya: Sie schickten Tai auf eine mehrstündige Kontrolltour durch die Räumlichkeiten des buddhistischen Zentrums. Sie wussten, dass Lama Geshe wegen seiner Meditation für zwei Stunden nicht aus seinem Zimmer kommen würde. Bereits vorher hatten Sie sich eine Kellneruniform besorgt. Aber nicht etwa, um sie anzuziehen. Sie wollten vielmehr Ihre Lügengeschichte mit einem angeblichen Beweisstück untermauern. Kurz nach neun schnappten Sie sich das Kästchen und verließen heimlich das Zimmer, um sich in der alten Lagerhalle mit Chuck zu treffen. Auf dem Weg aus dem Hotel stopften Sie die Uniform in den

Abfallschacht, damit es so aussah, als hätte der Dieb sie zurückgelassen. Sie stahlen ein Fahrrad, das im Hof stand, und radelten zur Fabrikhalle. Dort sollte Chuck mit irgendwelchen Geheimdienstgeräten das Kästchen öffnen, damit, vom Lama unbemerkt, die Namen ausgetauscht werden konnten. Allerdings spekulierten Sie darauf, dass es Chuck nur darauf ankäme, den richtigen Namen zu entfernen, und Sie wollten Ihre eigene Familie ins Spiel bringen. Wahrscheinlich war Ihnen das so versprochen worden, damit Sie überhaupt anbeißen bei diesem Verrat. Doch Chuck hatte seinen eigenen Auftrag und darüber kam es zum Streit, in den Peter hineingeplatzt ist.« Justus stockte und wandte sich an Peter. »Ist dir nicht auch ein Fahrradfahrer aufgefallen, als Chuck dich auf dem Rückweg verfolgte?«, fragte er.

Peter nickte. »Vinaya könnte es gewesen sein.«

»Das klärt einen weiteren Punkt. Peter schaffte es zwar, Chuck abzuhängen. Doch Sie, Vinaya, wurde er nicht los. Sie bekamen mit, dass Peter zur Autovermietung floh. Zum Glück sahen Sie nicht, wo er das Kästchen versteckte. Doch mit der falschen Behauptung, Sie hätten seinen Schlüssel gefunden, kamen Sie an die Adresse unserer Detektivzentrale. Sie fuhren zurück ins Hotel und alarmierten den Lama über den angeblichen Diebstahl. In dem darauf folgenden Durcheinander nutzten Sie die Gelegenheit, bei uns anzurufen und uns einzuschüchtern. – Peter, damit ist klar: Es ist Vinaya, der dein Leben bedroht hat. Er wollte sich das Kästchen sichern, um eine zweite Chance zu erhalten, die Namen auszutauschen.«

»Nun zeigen Sie schon, was in Ihrer Faust ist!«, sagte Peter.

»Ja, die Gesetze des Karmas sind streng!«

»Deine Fäuste sind es auch.« Kraftlos öffnete Vinaya die Hand. Ein weißer Zettel fiel auf den Boden. Bob hob ihn auf und reichte ihn weiter an Lama Geshe.

Er warf einen Blick darauf und sagte dann: »Du hast in allem Recht, Justus. Es ist ein Hinweis auf die Familie, der auch Vinaya angehört. Er wollte, dass das neue Oberhaupt aus seiner Familie stammt.«

Justus genoss den Triumph.

Tai trat zu Vinaya und fasste ihn am Arm. »Ich verhafte dich wegen Verrats!«

Lama Geshe nickte Tai traurig zu und sagte müde: »So hat sich meine Vision also doch bewahrheitet. Sie sagte mir einen Verlust voraus und eine bittere Wahrheit. Beides ist eingetreten, wenn auch anders, als zunächst gedacht: Ich verliere nicht das Kästchen, sondern meinen wertvollsten Berater. Vinaya hat mich hintergangen und das ist eine große Enttäuschung für mich. Aber was nützt es, ich muss den Tatsachen ins Auge blicken. Justus, Peter und Bob – ich danke euch für euren Einsatz. Ohne euch wäre der Verrat nicht aufgedeckt worden und ohne euch könnte ich vor allem die wichtige Zeremonie nicht durchführen.« Er schaute auf die Uhr. »Es ist acht Uhr, Ortszeit Rocky Beach. So wie es meine Astrologen vorausberechnet haben. Es ist Zeit, das Kästchen zu öffnen. Nun werde ich die Feierlichkeiten einleiten, an deren Ende die Wiedergeburt des Sun Gaya steht.«

Das Geheimnis des Kästchens

Lama Geshe hob die Schatulle auf. Man hörte ein leises Klicken, als er die Scharniere berührte.

»Aber ...«, begann Justus.

Bedächtig legte Lama Geshe seinen Finger an die Lippen. »Bleibt bitte hier, Justus, Peter und Bob«, sagte er mit leiserer Stimme. »Ihr habt es verdient, bei diesem heiligen Augenblick dabei zu sein, auch wenn ihr keine Anhänger unserer Religion seid und euch der Name der Familie, in der Sun Gaya wiedergeboren werden wird, nichts sagen wird.«

Justus räusperte sich vernehmlich, doch Lama Geshe ließ sich nun nicht mehr ablenken. Er schritt auf einen Tisch zu, auf dem mehrere Reliquien präsentiert waren. Lama Geshe sprach und sang einige Texte in seiner Sprache. Die drei ??? hatten sich zu den anderen Gästen gesetzt, die gespannt der Prozedur folgten. Justus bedeckte sein Gesicht mit den Händen.

»Was hat er?«, flüsterte Bob Peter ins Ohr.

»Keine Ahnung. Vielleicht hat er Angst, weil das Kästchen leer ist.«

»Du meinst, als er es beim Wettkampf mit Skinny geöffnet hatte, war tatsächlich nichts drin?«

Sie hörten Justus schnaufen.

»Keine Ahnung. Justus sagt uns ja nie alles.«

Ein Mönch wies sie an, leiser zu sein. Bob und Peter schwiegen.

Inzwischen hatte Lama Geshe das Kästchen auf eine Decke gelegt.

Im Raum war es so still, dass man eine Stecknadel hätte fallen hören. Nur Justus' Schnaufen störte.

»Wir werden die Wiedergeburt von Sun Gaya in folgender Familie suchen«, sagte Lama Geshe. Behutsam betätigte er die Schnappschlösser. Sie sprangen sofort auf. Der Lama klappte den Deckel hoch. Überrascht stellte Bob fest, dass innen ein Zettel lag. Mit einer würdevollen Bewegung nahm Lama Geshe das feste Papier heraus. Er las es. Schwieg. Mehr als eine lange Minute hörte man nichts. Keine Bewegung auf Lama Geshes Gesicht.

Die Zeit schien eingefroren. Unruhig rutschten Peter und Bob auf dem Hosenboden umher. Sie blickten zu Justus, der sein Gesicht zwischen den Händen regelrecht vergraben hatte.

Dann fing Lama Geshe an, mit stockender Stimme vorzulesen:

Die drei Detektive

? ? ?

Wir übernehmen jeden Fall

Erster Detektiv	Justus Jonas
Zweiter Detektiv	Peter Shaw
Recherchen und Archiv	Bob Andrews

»Was hat das zu bedeuten? Wie kommt diese Visitenkarte in das Kästchen?«

Justus holte Luft und stand auf. »Ich bitte vielmals um Entschuldigung, Eure Heiligkeit. Auf der verwickelten Reise der Schatulle ergab sich eine Situation, in der ich sie öffnen musste, um sie zu retten. Lama Geshe: Sie selbst haben mir einen Hinweis gegeben, der mich in die Lage versetzte, den Code zu knacken, denn Sie zitierten das Wort Buddhas, das Ihnen Sun Gaya zu Ihrer Einweihungszeremonie gewidmet hat. Bis dahin waren Sie der einzige Mensch, der die Widmung kannte. Und genau diese Worte Buddhas standen auf dem Zettel, der an dem Kästchen hing. Somit wussten Sie: Der Zahlencode des Kästchens war eingestellt auf das Jahr Ihrer Einweihungszeremonie. Ich würde sagen: eine perfekte Sicherheitsvorkehrung. Jeder Fremde hätte auf ein Datum aus dem Leben von Buddha getippt. Als ich Sie besuchte, weihten Sie mich in das Geheimnis der Widmung ein. Sie taten das bestimmt nicht ohne Absicht.«

»Meine Vision zeigte mir, dass ich Hilfe von einem intelligenten Jungen bekommen würde«, warf Lama Geshe ein. »Das war eine Prüfung. Und du hast sie bestanden.«

Justus nickte stolz. »So wurde ich zu Ihrem einzigen Mitwisser und konnte auf die richtige Zahlenkombination schließen. Um tatsächlich auf diesen Zusammenhang zu kommen, war es allerdings notwendig, dass mir Mr Zhang den Zettel übersetzt hat, was er freundlicherweise tat. Nur dadurch konnten wir das Kästchen retten.

Ich habe mir allerdings nicht verkneifen können, die Botschaft in dem Kästchen heimlich gegen unser Visitenkärtchen auszutauschen. Aus Sicherheitsgründen. Falls uns das Kästchen doch noch abhanden gekommen wäre. Ich bitte noch einmal um Entschuldigung! Ich versäumte es eben leider, Sie zu warnen.«

Während Justus' Bericht hatten sich die Gesichtszüge von Lama Geshe zusehends entspannt. »Du bist also noch im Besitz des Papiers, das Sun Gaya hinterlassen hat?«, fragte er.

»So ist es.« Justus begann in seiner Hosentasche zu kramen. Als Erstes beförderte er einen Schlüsselbund zutage, dann ein altes Taschentuch. Es folgte eine Packung Kaugummi. Schließlich fingerte er ein zusammengeknülltes Etwas heraus. »Ähem.« Vorsichtig faltete er den Zettel auseinander und glättete das Papier auf dem Fußboden. Dann reichte er es mit einer würdevollen Geste weiter an Lama Geshe. Nun würde der alte Religionsführer endlich die Information bekommen, die so wichtig für ihn und für seine Religion war: den Namen der Familie, in der er die Wiedergeburt von Sun Gaya finden würde. Und zwar den richtigen.

Lama Geshe nahm das Papier mit zitternden Händen entgegen. Sein Gesicht leuchtete, als er den Text las. »Es ist eine Familie im Yak-Tal«, übersetzte er die Botschaft für Justus, Peter und Bob. Er lächelte. »Ich kenne sie. Jetzt wird alles gut.« Er drehte sich um und die Zeremonie nahm ihren Lauf, als sei sie nie unterbrochen worden.

Nachdem alles beendet war, ließ Lama Geshe es sich nicht nehmen, die drei ??? persönlich nach draußen zu begleiten. Als sie an die frische Luft traten, hatte sich der Wind etwas gelegt. Die Erleichterung über den guten Ausgang stand Lama Geshe ins Gesicht geschrieben. Er schüttelte den drei Detektiven die Hand und verbeugte sich vor ihnen. »Ich danke euch vielmals. Meine letzte große Aufgabe ist erledigt. Ich werde bald sterben. Aber ich werde zufrieden sterben.« Er lachte. »Unsere Religion hat ja den kleinen Trick mit der Wiedergeburt. Du musst jederzeit so leben, dass du dazu stehen kannst. Sonst kommst du nicht weiter in den Stufen der Lebensweisheit. Aber ich glaube, wenn du das beherzigst, machst du nie etwas falsch, egal welcher Religion du angehörst.« Er wandte sich an Justus. »Du hast deine Prinzipien, Justus. Und sie sind nicht die verkehrtesten. Nur über eins könntest du dir vielleicht mal … Gedanken machen: Du liebäugelst ein bisschen mit großen Auftritten. Frag deine Freunde, wie gerne sie das sehen.«

Justus behielt sein Pokerface. »Ich weiß genau, was die beiden darüber denken«, sagte er und holte Luft. »Sie finden es … einfach klasse!«

Bob und Peter verschlug es die Sprache.

Da lachte Justus los.

Alles im Kasten

Peter spulte das Band zurück und sah sich die letzte Sequenz noch einmal an. »Wow! Da ist Drive drin! Klasse Verfolgungsjagd! Unser Hollywoodregisseur wird uns auf die Schulter klopfen!«

»Vielleicht bietet er unser Werk sogar einer richtigen Filmgesellschaft an?«, träumte Bob. Versonnen blickte er über Peters Schulter auf den Bildschirm des Filmschneidestudios, obwohl dort längst nichts mehr zu sehen war. »Und wir kommen mit unserem Streifen ins Kino und werden berühmt!«

»Und gewinnen bei der Preisverleihung einen Oscar!«, grinste Justus.

»Einen?«, fragte Peter zurück. »Nur den für die beste Kamera? Nein, ich denke, mindestens drei! Ihr sollt doch auch noch was haben!«

Justus und Bob lachten, aber trotz aller spaßhaften Übertreibungen waren auch sie mächtig stolz auf ihr Werk. Besonders Bob. Immerhin hatte er die Idee gehabt, aus dem Ereignis, das Peter fast Kopf und Kragen gekostet hatte, eine neue Detektivgeschichte zu entwickeln und viele der von ihnen gedrehten Szenen in den Film einzubauen.

Justus ließ sich die Bilder, die sie eben gesehen hatten, noch einmal durch den Kopf gehen. »Die realen Aufnahmen und die nachgestellten Szenen fügen sich in der Tat ungewöhnlich gut zusammen«, fand er.

Peter nickte verständnisvoll. Mit ein paar Griffen schaltete er den Filmapparat aus. »Machen wir Schluss für heute. Ich finde, es ist eine gute Geschichte geworden. Keiner wird merken, dass es in Wirklichkeit um das Kästchen des Lama Geshe ging.«

Lama Geshe hatte darauf bestanden, die Geschichte um das Geheimnis des Kästchens nicht öffentlich zu machen. Bob war dann der Trick eingefallen, als Inhalt der Schatulle einfach eine Geheimformel des Spionagedienstes zu wählen. Zusätzlich zu den Verfolgungsszenen in der Lagerhalle und in Rocky Beach, die sie ja im Kasten hatten, hatten sie später die passenden Zwischenstücke nachgedreht. So war aus den wirklichen Bildern eine erfundene Geschichte entstanden, die trotzdem auf eine bestimmte Weise wahr war.

»Auf morgen freue ich mich besonders«, verkündete Peter, als sie ihren Kram gepackt hatten und das Studio verlassen wollten. »Denn dann bearbeiten wir die Szene, in der Skinny Norris klar wird, dass er alleine mit den Los Ramones kickboxen darf. Ich habe die Kamera laufen lassen, als Justus das Kästchen geknackt hat. Nur schade, dass du ihm so schnell auf den Rücken geschlagen hast, Bob.«

»Musste ich doch! Damit die Aufmerksamkeit auf uns gelenkt wurde und Justus den Zettel aus dem Kästchen nehmen konnte. Beim Zuklappen hat er dann unsere Visitenkarte reingeschmuggelt.«

Peter prustete los. »Skinnys Gesichtsausdruck war wirklich zum Einrahmen!«

»Mach doch eine Standkopie ... und wir kleben ... sie uns in die Zentrale!«, schlug Bob bruchstückhaft unter Lachsalven vor.

Justus dämpfte den Übermut etwas. »Skinny muss noch einwilligen, dass er in unserem Film mitspielt. Ich denke mal, an die blauen Flecken, die er sich von den Los Ramones zugezogen hat, wird er sich nicht so gerne erinnern lassen.«

»So schlimm wird es nicht gewesen sein. Als ich ihn gestern in der Stadt getroffen habe, war er schon wieder frech wie immer!« Peter ließ sich seine Vorfreude nicht nehmen. »Und außerdem: Die Aussicht, berühmt zu werden, wird seine Bedenken zerstreuen.«

»Berühmt?«, warf Bob ein. »Doch höchstens als Komiker!«

»Tragikomisch«, unkte Peter.

Lachend schlossen sie das Studio ab und sie grinsten noch, als wie verabredet Morton mit dem Rolls-Royce der Autovermietung vor dem Gebäude vorfuhr.

Sie taten dem Chauffeur den Gefallen und warteten, bis er ausgestiegen war und ihnen die Türen geöffnet hatte. »Danke, Morton!«

»Bitte, Justus. Und? Haben die Herren die Geheimnummer des Kästchens geknackt?«

»Selbstverständlich«, antwortete Justus. »Das Kästchen und sein wertvoller Inhalt kamen wieder in die Hände des Besitzers.«

»Eine andere Auskunft hätte mich auch sehr überrascht«, bekannte Morton und startete den Wagen.

Während sie die Küste entlangrollten, erzählte Justus die ganze Geschichte.

»Da wäre nur noch eins zu klären«, überlegte Bob, als sie in die Straße zum Schrottplatz einbogen. »Wie soll unser Film heißen? Wir waren uns noch nicht einig.«

»›Das Geheimnis um das rote Kästchen‹ finde ich immer noch zu langweilig«, sagte Justus. »Schau dir die Leute aus unserer Klasse doch an. In so einen Film würden die nie freiwillig reingehen. Viel zu verstaubt.«

Bob schwieg beleidigt. Er hatte den Titel vorgeschlagen. »Haben Sie vielleicht eine Idee, Morton?«, wandte er sich an den Fahrer.

Morton bremste den Wagen ab und wich einem ausparkenden Fahrzeug aus. Ohne den Blick von der Straße zu nehmen, sagte er: »Nun, wenn die Herren wünschen, so würde ich aufgrund des soeben gehörten Berichtes ›Der Schatz der Mönche‹ vorschlagen.«

»Dieser Titel geht leider nicht«, antwortete Justus. »Wir haben die Geschichte doch verändert. Was meinst du denn, Peter?«

»Die Inline-Jagd.«

»Inline-Jagd alleine bringt's nicht«, meldete sich Bob wieder zu Wort. »Wir wäre es mit: ›Der Inline-Zauber‹?«

»Wieso Zauber?«, fragte Peter.

»Weil … du so zauberhaft gefahren bist«, rettete sich Bob.

Justus winkte ab und zog das Kästchen aus seiner Jacke,

das ihnen Lama Geshe als Andenken geschenkt hatte. Bewundernd drehte er es in seinen Händen. »Die Schatulle wird jedenfalls einen Ehrenplatz in unserer Zentrale erhalten!«, verkündete er.

Bob schüttelte den Kopf. »Ich habe eine viel bessere Idee«, sagte er. »Wir verkaufen sie Rubbish-George. Für dreißig Dollar!« Dann lachte er los. »War nur ein Scherz!«

dtv junior

Ab 10

Die drei ???®

Die drei ???® – Die verschwundene Seglerin
ISBN 3-423-**70533**-7

Die drei ???® – und die Rache des Tigers
ISBN 3-423-**70613**-9

Die drei ???® – Giftiges Wasser
ISBN 3-423-**70682**-1

Die drei ???® – und das brennende Schwert
ISBN 3-423-**70685**-6

Die drei ???® – und die flammende Spur
ISBN 3-423-**70715**-1

Die drei ???® – Stimmen aus dem Nichts
ISBN 3-423-**70739**-9

Die drei ???® – Poltergeist
ISBN 3-423-**70750**-X

Die drei ???® – Labyrinth der Götter
ISBN 3-423-**70893**-X

Die drei ???® – und der rote Rächer
ISBN 3-423-**70933**-2

Die drei ???® – und das Geisterschiff
ISBN 3-423-**70937**-5

Die drei ???® – Tödliche Spur
ISBN 3-423-**70955**-3

Die drei ???® – und die Comic-Diebe
ISBN 3-423-**71181**-7

Die drei ???® – Der Feuerteufel
ISBN 3-423-**71182**-5

dtv junior

Rätselspaß im Dreierpack!

Hans-Jürgen Feldhaus
Lutz & Heinemann
Die Schulhofdetektive
ISBN 3-423-**70910**-3 Ab 9

Stefan Wilfert
Pizza in Pisa und
Gauner zum Nachtisch
ISBN 3-423-**70917**-0 Ab 10

Jürg Obrist
Verflixt,
das Klasofon ist weg!
ISBN 3-423-**70966**-9 Ab 9

dtv junior

Erzählte Geschichte ab 10

ISBN 3-423-**70944**-8
Ab 10

Setha und Kethi
erleben spannende
Abenteuer in Ägypten
zur Zeit der Pharaonen.

ISBN 3-423-**70982**-0
Ab 10

Spannender Wimmelbild-Suchspaß
im Alten Rom.

dtv junior

Die Level 4-Serie: Krimis für Computer-Fans!

Level 4
ISBN 3-423-**70914**-6

Der Ring der Gedanken
ISBN 3-423-**70475**-6

Achtung, Zeitfalle!
ISBN 3-423-**70999**-5

UFO der geheimen Welt
ISBN 3-423-**70697**-X

Jagd im Internet
ISBN 3-423-**70796**-8

Flucht vom Mond
ISBN 3-423-**70817**-4

2049
ISBN 3-423-**70852**-2

Chaos im Netzwerk-Clan
ISBN 3-423-**70975**-8

Die Spur des Hackers
ISBN 3-423-**71183**-3